KB164372

도서관을 뛰쳐나온 책

익숙한 듯 낯선 이 책, 정말 읽은 것 맞아?

도서관을 뛰쳐나온 서른두 권의 책 이야기

도서관을 뛰쳐나온 책

손병석

토담미디어

여는 글

읽는 즐거움

처음 공무원이 되었을 무렵, 젊은 패기로 무엇이든 할 수 있다 생각했지만 어느덧 32년이 지나 퇴직을 앞둔 나이가 되었다. 그 동안의 공직 생활은 아픔과 기쁨이 공존했던 기간이었다. 내 공직의 마지막 기착지는 도서관이다.

언제부터인지 이 시기를 의미없이 보내기보다 무언가 남기고 싶다는 막연한 생각이 들었다. 그러다 든 생각이 내가 좋아하는 것을 하자는 것이었다. 이렇게 시작한 것이 세계문학 다시 읽기였다.

우선, 읽은 책마다 줄거리 위주로 기록하였다. 각각의 작품마다 덧붙이는 글을 쓰기는 하였으나 개인적인 의견으로 아주 짤막하게 덧붙였을 뿐이다.

세계문학을 접한다는 것은 인문학을 사랑하는 일이다. 서점에 비치된 세계문학전집은 여러 출판사에서 엄선된 문학 작품들을 전집으로 모아 놓았다. 각 문학전집은 100권이 훌쩍 넘는다. 어떤 출판사의 전집은 200권이 넘어가기도 한다. 그것을 다 읽기에는 엄청난 노력이 필요하다. 다 읽지는 못하더라도 그중에서 어떤 작품을 선별해서 읽을까 고민하는 일은 한편으로는 귀찮고 번거로운 일이 될 수도 있다.

이 책의 원고를 정리하면서 제일 먼저 세운 목록 선정 기준은 유명 작품이었다. 대부분 제목만 들어도 알 수 있는 작품들이지만 많은 이들이 그저 제목만 알고 있거나 읽었어도 기억하지 못하는 경우가 많을 것이다.

그런 이유로 줄거리와 각 작품 속에 나오는 중요한 문장은 더욱 신경 써서 정리하였다. 정리한 줄거리만 보고서도 한 권의 책을 다 읽은 듯한 느낌이 들었으면 하는 바람이었다.

어디서든 우리는 책 읽고 생각하는 일을 멈추지 말아야 한다. 책을 읽는다는 것은 인생을 읽는 것이다. 책 속에 지혜가 있고 삶이 있다. 각각의 문학 작품은 나를 대신해서 먼 여행을 하기도 한다. 세상을 보는 시야를 넓혀주고 어려운 문제에 대한 답을 주기도 한다.

나는 평소 인문학이라는 타이틀을 걸고 쓴 책은 속독을 주로 한다. 요즘 유행처럼 번지는 것이 인문학이다. 하지만 대부분의 인문학 책은 '깨닫기 위해 무엇은 하고, 무엇은 하지 말라.'는 정도다. 그래서 나는 인문학을 내세우는 책의 경우 주로 속독하는 편이다.

책은 읽는 사람의 나이와 처지에 따라서, 또는 책을 읽고 있는 현재의 마음 상태에 따라 다르게 받아들여진다. 이런 현상은 사람마다의 생각 중심이 얼마나 중요한지를 말해주고 있다.

『햄릿』에서는 아무리 어렵고, 귀찮고, 힘들더라도 허상 속에서 진실을 찾으려고 노력하는 과정, 즉, 지성을 이야기한다. 한편으로 자신의 판단이 아닌 외부의 해석이나 선전에 동조하지 말고 스스로 주인공이 되는 노력을 멈추어서는 안 된다고 한다. 『리어왕』에서는 상대방의 진심을 듣는 법에 대하여 이야기한다.

자신에 대한 분명한 가치관을 가질 때 타인의 이간질에 쉽게 동요되지 않는다. 현재 하는 일에 충실하고 스스로 자신감을 가져야 한다. 비난하기보다는 서로 협력할 수 있는 사회가 진정한 자유가 살아 있는 힘의 사회가 될 것이다.

문화는 인류가 생존하기 위해 만들어졌다. 그 문화를 유지하기 위해 다른 생각들이 보여 사회를 이루었다. 그러나 사회에 속한 인간은 배려보다는 대부분 욕심을 선택하며 살아가고 있다. 우리를 불행하게 하는 유혹, 욕망, 아집, 열등감 등에서 나를 지킬 힘을 길러야 한다. 이러한 힘이 배려다.

최근 우리네 일상을 보면 뭔가 빠진 느낌이다. 사람들 모습에서 공허함을 느낀다. 건널목을 건너는 사람들의 발걸음이 무겁다. 지금 마주치고 있는 사회현상과 무관하지 않을 것이다. 예전 먹을 것이 부족했던 시절, 하루하루 힘겹게 살아가던 시절, 그래도 그 속에서 정情이라는 놈이랑 함께하던 우리는 없어진 듯하다. 그 이면에는 세상에 대한 부정이 내재하여 있을 것이다. 현대인의 삶은 느리면서도 불만이 쌓인 삶을 살아가고 있다.

살면서 우리는 그것마저도 이해하고 배려해 주어야 할 때가 많다. 사회 속 구성원으로 살아가는 우리는 그것을 잘 못한다. 직장 내에서 우리는 서로 경쟁 상대가 된다. 그래서 누군가 자신을 도와주었을 때 고맙다는 말을 잘하지 못한다. 그렇다고 그걸 무어라 할 수는 없다. 사람의 생각은 다를 수밖에 없다. 다름의 생각들이 이루어져 있는 것이 사회이다. 그 다름의 생각이 서로서로 어우러져 하나의 사회를 이루어 가는 것이다.

그리고 모든 삶의 순간들에는 기다림이 있어야 한다. 인생은 기다림의 연속이다. 돌이켜 보면 지난 일들은 모두 기다림의 일부에 지나지 않았다. 모든 일들이 기다림 없이 이루어지는 것은 없다. 인간이 세상에 태어나는 순간도, 어린아이가 엄마와 교감하는 것도, 학습을 위한 모든 행위도, 세상이란 바다에 뛰어드는 것도, 사랑하는 사람과 매일 매일을 함께 있는 것도, 중년의 멋있는 삶과 노년의 배움도 모두 기다림이다.

이러한 생각들로 공허함을 채우고자 책을 읽고 줄거리를 요약하고 덧붙이는 글을 썼다. 이 책을 읽으면서 뭔가 빠진 것을 채우고 무거운 발걸음이 조금은 가벼워졌으면 좋겠다. 그렇게 이해하는 삶을 살고 배려하는 삶을 살아가길 바란다.

이곳에 정리한 문학 중에서 독자들이 이미 읽은 책들도 있을 것이다. 그러나 책이란 읽을 때마다 그 감정이 다르게 다가오는 것이 독서이다. 한 권의 책을 다섯 번 읽으면 다섯 가지의 새로운 생각이 생겨난다. 이미 읽은 책이라면 한 번 더 읽고 새롭게 알게 되는 또 다른 세계를 경험해 보길 바란다.

아직 읽지 못한 책이라면 정리해둔 줄거리를 한번 읽고 나서 책을 든다면 좀 더 쉽게 책에 접근할 수 있을 것이다.

차례

신나는 관장쌤이 픽한
지금 읽어야 할 32권

도서관을
뛰쳐나온 책

한 인간이
다른 인간의 자아에
미치는 영향

— 헤르만 헤세 『데미안』

싱클레어는 어린 시절 밝은 세계에서 올바르게 자라고 있었다. 그러던 어느 날 어두운 세계로 들어선다. 악당 프란츠 크로머와 어울리다 자신도 어두운 세계를 알고 있다는 것을 자랑하고 싶어 거짓말을 하게 된다.

그 일로 크로머에게 돈을 주어야 하는 일이 발생한다. 싱클레어는 삶에 대한 두려움, 어두운 세계에 들어왔다는 두려움으로 죽음과 같은 쓴맛을 보게 된다.

이걸 알아야 할 것 같아. 우리 속에는 모든 것을 알고, 모든 것을 하고자 하고, 모든 것을 우리 자신보다 더 잘 해내는 어떤 사람이 있다는 것 말이야.

어느 날 전학생 막스 데미안의 도움으로 싱클레어는 다시 밝은 세계로 돌아올 수 있었다. 그 일이 있고 몇 년이 지나고 나서 데미안과 싱클레어는 자주 만나게 된다.

많은 이야기를 나누던 중 성경 속의 카인과 아벨에 관한 이야기를 나누면서 싱클레어는 또 한 번 혼란에 빠진다. 즉, 카인은 극악무도한 살인자가 아니라 강인한 내적인 힘을 갖고 신으로부터 독립하였기에 약한 자들로부터 질시를 받은 종족을 상징한다고 볼 수 있다.

또한 십자가 위의 두 도둑 중에 끝까지 자신의 신념과 가치를 지킨 채 죽음을 떳떳이 맞이한 한 도둑이 예수 앞에 무너진 다른 도둑보다 내면의 진실에 더욱더 충실하였다고 볼 수 있다는 데미안의 이야기에 엄청난 혼란에 빠진다.

상급학교에 진학하면서 데미안과 멀어진다. 상급학교에서 싱클레어는 술을 마시고 여성에 대해 알기 시작하며 첫 일탈을 하는 뜨거운 감정을 맛본다.

그 후에도 싱클레어는 술자리를 주최하는 주모자가 되기도 한다. 그러면서 한편으로 자기 자신을 파괴하는 방탕 속에 살아가는 것이 참담하다고 느낀다.

그러던 중 싱클레어는 우연히 한 소녀를 만나 첫눈에 사랑하게 된다. 그녀와는 말 한마디 나누지 못했지만, 베아트리체라는 이름을 지어주고 거의 숭배하며 매일 그녀를 상상하며 그림을 그린다.

이 일로 해서 술을 멀리 하고 독서와 산책을 시작한다. 베아트리체의 모습이 희미해져 나름대로 완성한 얼굴은 데미안과 닮아 있었다.

싱클레어는 데미안을 향한 그리움이 커지던 어느 날 커다란 알에서 나오려고 애쓰는 새를 그려서 데미안에게 보낸다. 데미안은 답장으로 쪽지를 적어 보낸다.

> 새는 알에서 나오려고 투쟁한다. 알은 세계이다. 태어나려는 자는 하나의 세계를 깨뜨려야 한다. 새는 신에게로 날아간다. 신의 이름은 아브락삭스다.

고향으로 돌아온 싱클레어는 크나우어라는 이상한 아이를 만난다. 크나우어는 싱클레어가 신기가 있는 사람으로 생각하고 광적으로 싱클레어에게 집착한다. 싱클레어는 그와 대화하면서 조금 더 성장해 나간다.

데미안과 다시 만난 싱클레어는 많은 대화를 나누었고 그 후 데미안의 집에 초대받아 데미안의 어머니를 보게 된다. 그날부터 싱클레어는 아들이자 형제처럼 또는 연인처럼 데미안의 집을 드나들면서 데미안의 어머니인 에바 부인을 사랑하게 된다.

에바 부인을 자신의 자아를 찾는 데 꼭 필요한 존재로 생각한다. 아름다운 에바 부인을 보는 것에서 싱클레어는 밝은 세계의 존재감과 자신의 존재를 느낀다.

> 누구나 관심 가져야 할 일은 아무래도 좋은 운명 하나가 아니라 자신의 운명을 찾아내는 것이며, 운명을 자신 속에서 완전히 그리고 굴절 없이 살아내는 일이었다.
>
> …
>
> 각성된 인간에게는 한 가지 의무 외에는 아무런 의무도 없었다. 자기 자신을 찾고, 자신 속에서 확고해지는 것, 자신의 길을 앞으로 더듬어 나가는 것, 어디로 가든 마찬가지였다.

어느 날 싱클레어는 불길한 징조를 느끼게 되는데 며칠이 지나고 나서 제1차 세계대전이 일어난다. 싱클레어와 데미안은 전쟁에 참여한다. 데미안은 대위로 전쟁에 참여했다.

싱클레어는 징집되어 전쟁 중 보초를 서며 데미안과 에바 부인을 생각하는 중에 포탄이 떨어졌고 싱클레어는 상처를 입고 후송된다. 후송된 병원에서 싱클레어는 데미안을 다시 만나게 된다.

싱클레어는 데미안을 만나면서 내면에 귀를 기울이면 진정한 나 자신을 찾을 수 있다는 것을 깨닫는다.

전쟁 중, 난 보초를 서며 데미안과 에바 부인을 생각하고 있었고 내게 폭격이 떨어졌다. 병원에서 정신을 차렸을 때 내 옆에는 데미안이 있었다. 데미안은 내게 충고해주었다. 내면에 귀를 기울이면 진정한 나 자신을 찾을 수 있다는 것을.

『데미안』을 읽고 난 후의 느낌은 매번 달라지곤 한다. 데미안과 에바 부인에 집중하다 보면 우리가 알지 못하는 종교를 보는 듯한 느낌이 든다. 성인이 된 싱클레어에게 집중하면 에바 부인과의 이룰 수 없는 사랑도 볼 수 있다.

데미안에 집중하면 한 인간이 다른 인간의 자아 형성에 어떻게 영향을 미칠 수 있는지를 보여준다. 니체가 말한 초인이 되는 길이 싱클레어가 걸어가는 길일 수 있다.

프로이드는 인간의 무의식을 이드와 자아 그리고 초자아로 나누어져 있다고 보았다. 헤세는 싱클레어를 통해 자아와 초자아 사이에서 방황하는 한 인간의 모습을 보여준다.

나를 찾아가는 주인공 싱클레어는 자신의 세계를 자신이 바라보기 시작하면서 또 다른 자신의 자아를 찾는다. 진정한 삶은 무엇일까? 싱클레어가 찾은 자신의 자아일까? 자신을 희생하며 또 다른 인간의 자아를 찾아가는 길을 이끌어 가는 데미안의 삶이 진정한 삶일까? 모든 것을 포용하며 이해하고 바라보는 에바 부인의 삶이 진정한 삶일까?

우리는 각자가 자신이 생각하는 한에서 올바른 삶을 살아가고 있다. 그것이 한때는 다르게 보일지라도 자신의 자아 속에서는 올바른 선택이고 내가 선택한 그 삶이 진정한 삶이 될 것이다.

인간은 혼자의 삶이 존재할 수 없다. 문화를 통해 사회를 이루고 서로가 도와가며 살아가는 것이 인간이다. 인간의 문명은 문화를 통해 이어 왔다. 문화를 통해 생명 연장을 이루어 왔다. 그런 과정에서 어떤 인간관계를 선택하느냐에 따라 인간의 삶 또한 많은 변화가 생길 것이다.

싱클레어는 데미안이라는 인간의 삶에 관계를 접목했다. 그 관계 속에서 싱클레어는 어두운 세계에서 밝은 세계로 나올 수 있었다. 성장 과정을 거치면서 싱클레어는 데미안의 삶과 관계를 맺으면서 진정한 사랑과 인간의 삶에 대해 생각한다.

이런 과정을 지나면서 싱클레어는 진정한 나 자신을 찾는 것에 대해 생각한다.

인간의 본성을 찾아 떠나는 비행사

— 생텍쥐페리 『인간의 대지』

인간은 대지와 함께 살아간다. 대지는 인간을 품고 온갖 고통을 함께 한다. 『인간의 대지』에는 『어린 왕자』를 탄생케 한 체험들이 녹아 있다.

비행 중 추락하여 죽음으로부터 살아 돌아온 동료들의 이야기와 새로운 길을 개척하기 위한 위험한 비행 경험을 기록하고 있다. 그리고 사막에 추락하여 죽음의 문턱에까지 갔던 자신의 이야기이다.

나는 두께를 알 수 없는 사나운 층운의 바람 속에서 비행하고 있다. 2,500미터까지 상승했지만 구름 위로 솟아오르지를 못한다. 나는 다시 1,000미터 정도로 하

강한다. 꽃다발은 여전히 꼼짝 않고 점점 더 반짝이고 있다.

그래, 좋다. 할 수 없지. 나는 다른 것을 생각한다. 언제 거기에서 나오게 될지 알게 될 것이다. 그러나 나는 그 못된 주막집 불빛 같은 그 불빛을 좋아하지 않는다.

…

우리는 동시에 그 점멸하는 불빛을 발견했고, 신기루에 불과한 그 함정에 빠지고 말았다. 얼마나 미친 짓이었던가! 그 유령의 등대, 그 밤의 간계는 어디에 숨어있었던 것일까?

프레보와 나는 어리석게도 밤이 만들어낸 그 환상의 등대를 해안 등대로 착각했고, 그 불빛을 다시 찾기 위해 비행기 밑으로 시선을 돌렸다. (…중략…) 나는 분명 그 소리 외에 다른 아무 소리도 지르지 않았다고 생각한다. 나는 우리 세계를 그 기초부터 뒤흔든 굉장한 폭음밖에는 아무것도 느끼지 못했다. 시속 270킬로미터의 속도로 우리는 땅에 충돌한 것이었다.

그는 사하라 사막을 좋아했다. 한증막처럼 온도가 변하지 않는 열대지방이 슬프긴 하지만, 낮과 밤이 사람들을 이 희망에서 저 희망으로 아주 간단하게 균형을 맞추어주는 사하라는 역시 행복한 곳이라며 사막을 평가했다.

나는 사하라를 무척 사랑했다. 나는 그곳에 불시착하여 여러밤을 보낸 적도 있었다. 나는 바다 위에 파도로 새겨놓듯이 바람이 새긴 그 금빛 벌판에서 잠을 깨곤 했다. 그렇게 나는 사하라 사막에 불시착한 비행기의 날개 아래에서 잠을 자면서 구조를 기다렸었다. 하지만 이곳은 사하라와는 전혀 다르다.

사막은 평온한 부분과 중요한 상징으로 나타난다. 사막에 추락한 그는 목마름과 신기루에 시달리며 죽음이 다가오고 있음을 느끼면서도 걷고 또 걷는다. 그 죽음의 길에서 만난 사막의 여우는 생명의 경이로움을 가르쳐 준다.

드디어 나는 내 여우들의 식료품 저장실에 이른다. 여기에는 100미터씩 떨어진, 키가 수프 그릇만 하고 줄기에는 조그마한 금빛 달팽이가 달린 키 작은 나무가 모래에 닿을 듯이 솟아 있다.

페넥은 모든 관목마다 멈추지 않는다. 달팽이들이 달렸는데도 그들이 관심 갖지 않는 나무들이 있다. 눈에 띌 만큼 신중하게 그 주위를 돌아다니기만 하는 나무도 있다. 가까이 가기는 하지만 마구 해치우지 않는 나무도 있다. 이 친구는 거기서 달팽이 두세 마리를 따고는 다음 식당으로 가는 것이다.

…

그것은 장난이 아니라 불가결한 전술이다. 만약 페넥이 첫 번째 나무의 산물을 배부르게 먹으면 두세 번의 식사로 그 살아 있는 자기 몫을 아주 없애버리게 될 것이다. 이렇게 하면 그의 목축 농장을 전부 휩쓸고 말 것이다.

생텍쥐페리는 우리 자신과 우주에 대하여 인식해야만 한다고 한다. 또한 사람들은 나무의 느린 성장처럼 사람들의 위대한 평화를 느끼는 것은 생명이기도 하고 의식이기도 하다고 말한다.

상처를 가진 사람들은 그것을 느끼지 못한다. 여기서 상처를 입고, 침해를 당하는 것은 개인이 아니라 인류 전체다.

나는 동정을 믿지 않는다. 나는 괴롭히는 것은 정원사의 관점이다. 나를 괴롭히는 것은 나태에 습관이 되는 것과 불안정도 습관이 되는, 그런 비참함이 아니다. 동방 사람들은 대대로 천한 신분 속에 살고 있으면서 그것을 낙으로 안다.

무료 급식은 나를 괴롭히는 것을 결코 치료해 주지 못한다. 나를 괴롭히는 것은 그 움푹 파인 몸뚱이도, 그 누추함도 아니라. 다만 사람들 속에서 모차르트가 살해당한다는 것이다.

…

성령만이 진흙 위로 입김을 불어 인간을 창조할 수 있다.

…

들판을 사이에 두고 점점이 빛나는 불빛들은 자신들의 삶의 영양분을 달라고 소리 높여 외쳤다. 시인의 불빛, 교육자의 불빛, 목수의 불빛과 같은 사려 깊은 불빛까지도 말이다.

하지만 이 살아 있는 별 중에서도 겉으로만 환할 뿐이지 실제로는 닫힌 창이 얼마나 많으며, 꺼진 별들이 얼마나 많으며, 잠든 사람이 얼마나 많은가.

생텍쥐페리의 처녀비행을 알고자, 책을 넘기다 다시 앞으로 오기를 여러 번 반복했다. 그러나 처녀비행에 관한 내용은 비행기

를 조종하기 위해 자문하고 새벽에 버스를 이동하고, 버스 안의 사람들과 작별하는 것이 전부이다. 이뿐만이 아니라 동료들의 경험담과 자신의 이야기를 할 때도 책장을 다시 앞으로 넘기는 일을 반복하게 된다.

『인간의 대지』는 8개의 에피소드로 구성되어 있다. 각각의 에피소드에서 동료들의 아픔을, 자신의 아픔을, 인간의 아픔을 이야기한다. 이런 점에서 이 소설은 소설이라기보다 한편의 긴 에세이라고 할 수 있다.

대지는 인간을 품고 인간의 삶과 함께 평화를 이루고 있다. 또한 대지는 인간이면서 인간의 내면이다. "대지는 우리에게 그 어떤 책들보다도 더 많은 것을 가르쳐 준다. 이는 대지가 우리에게 저항하기 때문이다.", "밀을 알아볼 수 있는 것은 바로 대지인 것이다." 생텍쥐페리는 독백하듯 인간과 대지의 관계를 말하고 있다.

생텍쥐페리는 인간은 장애물과 맞설 때 비로소 자신을 발견한다고 한다. 죽음에 대해서도 말하고 있다. 죽음에 대한 근원은 무지에 있다고 한다. 죽음에 관해 알려줄 수 있는 것은 어디에도 없다. 다만 마주하게 되면 불확실함에 두려워할 필요가 없게 된다.

"오로지 미지의 것만이 인간을 두렵게 한다. 하지만 일단 맞닥뜨리고 나면, 그것은 더 이상 미지의 것이 아니다."

인간의 고독과 죽음, 그리고 버려짐

— 프란츠 카프카 『변신』

그레고르 잠자는 어느 날 불길한 꿈에서 깨어났을 때 자신이 끔찍한 곤충으로 변해 있는 것을 발견한다. 딱딱한 각질로 된 등과 다른 부분에 비해 비참하게 가느다란 수많은 다리가 그의 눈앞에 있었다. 그러나 그는 끔찍하게 변한 자기 모습보다도 직장에 늦지 않아야 한다는 생각뿐이었다.

출근 시간이 훨씬 지나도 그레고르가 일어나지 않자 아버지와 어머니 그리고 여동생이 무슨 일이 있느냐고 밖에서 물어보았지만 잠자는 대답할 수 없었다. 사실 그레고르는 가족의 생계를 떠맡고 있던 시기에 이런 일이 벌어진 것이다.

아버지와 어머니 그리고 여동생의 생계를 위해 그레고르는 남들보다 두 배 이상 열심히 일해 왔다. 결국 회사 지배인까지 와서 그레고르를 깨웠고 대답이 없자 열쇠로 문을 열고 들어와 끔찍하게 변한 벌레를 발견한다.

놀란 지배인은 도망을 치고 가족들은 어찌할 줄 모른다. 그러던 중 아버지가 벌레로 변한 그레고르를 방으로 밀쳐 넣고 문을 닫아 버린다.

조금 지나 여동생이 오빠인 것을 알아보고 먹을 것을 챙겨 주고 오빠가 기어 다닐 수 있도록 넓은 공간도 만들어 주지만 시간이 지나면서 혐오감이 쌓여간다.

> 그의 한쪽 옆구리가 송두리째 벗겨지고 깨끗하던 문짝에 오물이 묻었다. 꼼짝달싹할 수 없이 몸이 끼어 혼자서는 도저히 더는 움직일 수 없었다.
>
> 한쪽 편의 발들은 허공을 향해 바르르 떨고 있었고 다른 쪽 발들은 마룻바닥에 부딪혀 몹시 아팠다. 그때 아버지가 뒤에서 그를 힘차게 밀쳤다.
>
> 그의 몸은 방 안으로 밀려 들어와 엎어졌다. 문이 단장에 의해 닫혔다. 그러고 나서야 조용해졌다.

그레고르가 조금씩 벌레로 익숙해질 때 가족의 생계를 위해 아버지와 동생은 취직하고 어머니는 바느질을 시작한다. 그렇게 몇 개월이 지나면서 점차 그레고르가 잊혀 갈 때 그레고르가 문밖으로 나온 것을 본 어머니는 기절하고 퇴근한 아버지는 그레고르에게 사과를 던져 겁을 주다 그중 하나가 그레고르 등에 박히게 된다.

> "어머니가 기절하셨어요. 이젠 괜찮아요. 그레고르가 기어 나왔지 뭐예요."
>
> …
>
> 그때였다. 무엇인지 그의 앞에 가볍게 떨어지는 것이 있었고 그것은 그의 앞으로 굴러왔다. 사과였다. 곧이어 두 번째 사과가 날아왔다. 아버지는 사과로 공격할 것을 결심했기 때문이다.
>
> 처음에는 겨냥도 안 하고 연달아 던졌다. 이 조그만 사과들은 전기 장치로 조종하는 것처럼 마루 위를 구르며 서로 부딪치기도 했다.
>
> 살짝 던진 사과 한 개가 그레고르의 등을 스쳤다. 그러나 다치지는 않았다. 그러나 다음에 날아온 사과가 명중하여 그레고르의 등에 박히고 말았다.

가족들은 생활비가 부족하자 가지고 있던 패물도 팔고 하숙생들도 들인다. 그러던 어느 날 그레고르가 문밖으로 나온 것을 하숙생들이 보고 기겁을 하며 배상하라고 요구한다. 이에 가족들은 그레고르에게 분노를 느끼게 된다.

> "내보내야 해요." 누이동생이 소리쳤다. "그게 유일한 방법이에요. 아버지 이게 오빠라는 생각을 버리셔야 해요. 우리가 오래 그렇게 믿었다는 것. 그것이야말로 우리의 진짜 불행이에요."

한편 아버지가 던진 사과로 인해 상처를 입은 그레고르는 상처를 제대로 치료하지 못하여 죽음에 이르게 된다. 시체를 발견한 늙은 하녀는 이를 가족들에 알렸고 가족들은 한편으로 안도한다.

> 할멈은 이렇게 대답하고 정답게 웃으면서 그 이상 말을 계속하지 못했다. "저, 옆방에 있는 물건을 치워버릴 걱정은 조금도 마세요. 벌써 제가 다 치워버렸습니다." 잠자 씨는 할멈이 전후 사정을 다 털어놓으려는 것을 알아차리고 손을 내밀어 단호히 거절했다.

그날 아버지와 동생은 결근계를 쓰고 세 식구는 교외로 나가는 전차를 탔다. 그들은 교외로 나가는 전차에 편안히 앉아 장례와 이사에 대해 이야기하였다.

전차가 목적지에 도착하자 그들은 딸이 아름답고 탐스러운 모습을 하고있는 것을 보았다.

『변신』이 쓰인 시기는 20세기 초반으로 노동자들의 가혹한 대우와 비참한 생활 체험으로 사회 변혁적 노동조합 운동이 벌어지던 때이다.

그레고르 잠자는 변신하기 전까지 혼자서 가족을 책임지며 힘겨운 노동에 시달린다. 그러나 변신한 그레고르를 걱정하거나 돌보는 사람은 없었다.

인간은 죽음에 이르러서는 가족에게까지 버려짐을 당한다. 벌레로 변한 그레고르는 자신이 사랑하는 가족에게조차 버림을 받는다. 가족들은 자아와 이드의 충돌은 느끼며 갈등한다.

이는 자본주의 사회의 어두운 내면을 보여준다. 현대 문명에서 서로 간의 소통과 이해가 단절된 소외된 인간의 고독을 이야기한다. 또한 인간의 망각은 변화된 가족도 시간이 지나면 버릴 수 있는 사회상을 이야기하고 있다.

톨스토이는 『이반 일리치의 죽음』에서 인간으로 죽어가는 이반일리치를 보고 동료들은 내가 아니고 그 사람이어서 다행이라고 생각한다. 아내 또한 연금을 받으려면 어떻게 해야 하는지 유가족 보조금에 관심을 두고 있다. 죽음 앞에서 인간은 철저히 혼자일 수밖에 없다.

혼자된 인간은 인간의 존재 가치와 실존적인 인간의 무게를 상실한 도구화된 개인이다. '고독'은 다양한 감정이 열린 상태를 말한다. 그레고르는 사회로부터 그리고 가족으로부터 버려진 하나의 고독한 존재일 수밖에 없다.

깨달음을 통해 완성되어 가는 인간의 자아

— 헤르만 헤세 『싯다르타』

어떠한 스승도 자신을 가르침으로 구제할 수 없었다. 싯다르타는 번거로운 제사 의식과 스승의 가르침에 한계를 느끼고 아버지의 반대를 물리치고 친구 고빈다와 함께 사문(순례자)의 길로 들어선다. 사문의 길 또한 싯다르타 자신을 성장시키는 데 만족함을 이룰 수 없었다.

때때로 하늘나라는 가까이 있는 듯이 보였다. 하지만 그는 한 번도 그곳에 이르지는 못했다. 그 궁극의 갈증을 풀지는 못했다.

그럴 뿐만 아니라 그가 아는 현자들, 그 자신이 가르침을 받은 모든 현자 중의 현자 가운데서도, 하늘나라에 이른 사람, 영원한 갈증을 완전히 풀어본 사람은 아무도 없었다.

…

그토록 많은 학자 가운데에서, 그토록 많은 브라만 가운데에서, 그토록 많은 엄격하고 존경할 만한 사문들 가운데에서, 그토록 많은 구도자와 그토록 많은 온 힘을 기울인 탐구자와 그토록 많은 성자 가운데에서 길 중의 길을 발견하는 자가 어찌 아무도 없을 수 있단 말인가

싯다르타와 고빈다는 완성자라 소문이 돌고 있는 고타마 붓다를 찾아간다. 그곳에서 붓다의 설법을 듣고 고빈다는 붓다의 제자가 되어 남게 된다.

싯다르타는 붓다와 둘만의 대화에서도 말에 대한 불신을 확인하고 자신의 자아는 무엇인지 의문을 품고 세속생활로 돌아간다.

다른 사람의 생애에 관하여 판단을 내리는 것은 저에게 어울리지 않는 일입니다. 오로지 저 자신에 대해서만 저 하나에 관해서만 판단을 내릴 수밖에 없으며, 선택하고 거부해야 하는 것입니다.

오오, 세존이시여, 우리 사문들은 자아에서의 해탈을 구도하고 있습니다. 세존이시여 제가 만약 당신의 제자

가 된다면, 저의 자아가 오로지 겉으로만, 허위로만 안식에 도달하고 구원받을 것이 두렵습니다.

세속생활에서 싯다르타는 사랑의 기술과 상인의 기술을 배워 부자로서 도박에 빠지고 아름답고 현명한 기생인 카마라와 사랑에 빠진다.

부와 허세에 오래도록 빠져 있던 싯다르타는 이런 생활을 한낱 유희로 보고 경멸하며 속세의 생활에서 도망쳐 강에 이르게 된다. 싯다르타는 강가에서 자살을 시도하다가 강에서 들려오는 신비스러운 음성 '옴!'이 그를 지켜준다.

꿈에서 깨어나자 싯다르타는 깊은 비애에 사로잡혔다. 무가치한 삶을, 무가치하고 무의미한 삶을 살아왔다는 생각이 들었다.

생명감 있는 그 무엇도, 소중한 그 무엇도, 또는 보존할 가치 있는 그 무엇도 그의 손안에는 남아 있지 않았다. 파선 당한 사람이 강가에 서 있듯이 그는 혼자서 빈 몸으로 그렇게 서 있었다.

…

싯다르타는 소스라치게 놀랐다. 어쩌자고 죽음을 취하려 할 만큼, 그가 이같이 자기의 육신을 소멸시켜 안식을 취하려는 소원, 어린애 같은 소원을 키워 품게 될 만큼 타락하고 방황하며 무지하게 되었단 말인가!

지금까지 그 모든 고통, 모든 환멸, 모든 절망이 가져다줄 수 없었던 것을 지금, 이 순간이 이루어 주었다. '옴!'이라는 한마디 말이 불행과 미망에서 자신을 인식하도록 그를 각성시켰다.

싯다르타는 뱃사공 바수데바의 제자가 되기로 하고 조수로서 살아간다. 어느 날 붓다의 임종을 보기 위해 강을 건너는 무리 중에 속세에서 만나 사랑을 나누었던 카마라가 아들과 함께 나타난다. 카마라는 뱀에게 물려 결국 죽게 되고 아들과 같이 생활하면서 부성애의 번뇌를 겪는다.

그러나 버릇없는 아들은 결국 아버지를 떠난다. 싯다르타는 모든 일들이 나로 인해 발생하고 그 누구도 나를 깨우치지 못한다는 것을 깨닫는다. 강으로부터 모든 소리를 듣고 자신의 자아를 찾는 '옴!'을 깨닫는다.

이제 그는 전과는 다른 시선으로 인간들을 바라보았다. 현명하고 긍지에 차 있었던 시선이 수그러들고, 그 대신 한결 온화하고, 한결 호기심과 관심을 가진 시선으로 바라보았다.

평범한 부류의 여행자들, 소인들, 상인들, 무사들 이런 사람들이 이전처럼 생소하게 보이지 않게 되었다. 그는 그들을 이해하게 되었다. 사고와 분별에 의해서가 아니고 오로지 충동과 욕망의 지배를 받는 그들의 생활을 이해했고 그 생활을 함께 했다. 그는 자신이 그들과 다르지 않음을 느꼈다.

비록 그가 완성의 경지에 가까이 와 있고 최후의 상처를 앓는 몸이라 할지라도, 그에게는 평범한 사람들이 형제처럼 여겨졌고, 그들의 허영심, 그들의 탐욕, 그들의 가소로운 행위들이 이미 가소롭지 않게 되어 버렸다. 그는 그것을 이해할 수 있었고, 사랑하게 되었고, 심지어 존경하기에 이르렀다.

헤세는 자신의 자아를 찾기 위한 깨달음의 한 방편으로 듣기를 잘해야 한다는 것을 뱃사공 바수데바를 통해 이야기하고 있다.

"바수데바, 나의 이이기를 그토록 잘 들어주셔서 감사합니다. 남의 말을 들을 줄 아는 사람은 퍽 드물지요. 당신처럼 잘 들을 줄 아는 사람을 나는 한 사람도 만나보지 못했습니다. 나는 듣는 법을 당신에게 배우려 합니다."

너무 지나치게 구하다 보면 구하기에 전념한 나머지 다른 것을 찾지 못하게 된다. 지나치게 구하는 것은 지식일 것이며 그 지식은 전달할 수 있어도 지혜는 전달할 수 없다.

지혜를 발견하고 지혜롭게 살며 지혜의 힘을 얻어 열매를 맺을 수 있고 지혜를 써서 기적을 행할 수 있지만 지혜는 가르칠 수는 없다.

구도자의 길을 가는 순례자를 이해하기에는 내가 아직 삶에 대한 이해력이 부족한 듯하다. 모든 것을 버리고 근원적인 진리를 찾아서 떠날 수 있을까? 인간은 사회적 동물일 수밖에 없다.

그런 점에서 볼 때 집을 떠나면서 아버지에 대한 반항, 선지자들의 가르침에 대한 부정적인 생각들, 속세에 물든 많은 시간과 사랑하는 여인, 그리고 내가 책임져야 할 2세까지 자신의 선택으로 버려진다는 느낌을 지울 수가 없다.

사회라는 거대한 문화를 선택한 인간으로 이해하기 어렵다. 헤세는 그것이 구도자의 길이며 순례자의 길이라는 것을 싯다르타를 통해 보여준다. 철학이나 종교 그리고 인간이 의지하는 모든 신념의 고정관념에 대해 도전적인 질문을 던지고 있다.

사랑한다는 것은
서로에게
길들여지는 것

— 생텍쥐페리 『어린 왕자』

B612라는 소행성에 살고 있는 어린 왕자는 자기의 별에서 사람은 자기 혼자밖에 없다. 거기서 어린 왕자는 바오밥나무 싹을 캐거나 석양을 보고 살고 있다.

그 별에는 화산이 3개가 있는데 그중 하나는 사화산이다. 왕자는 폭발을 방지하기 위해 화산들을 매일 열심히 돌보아 주고 있다.

어느 날 왕자의 별에 씨앗이 날아와 싹을 틔우고 장미꽃이 피어난다. 장미꽃은 원하는 것이 너무 많았다. 장미와 다툰 후 왕자는 자기의 별을 떠나기로 결심한다.

"양 한 마리 그려줘."

왕자가 나에게 부탁한 말이다. 나는 여러 양을 그려주었지만, 마지막에 그려준 상자 속의 양을 왕자는 좋아하게 된다.

"가장 중요한 것은 눈에 보이지 않아."

나는 낮에 양을 매어둘 고삐와 말뚝도 그려준다고 제안하였다. 그러자 왕자는 양을 매어놓는 별 이상한 생각을 다 한다고 하면서 자기 별은 자주 작다고 하였다. 그렇게 해서 그가 사는 별이 집 한 채보다 클까 말까 하다는 사실을 알았다.

또 바오밥나무가 아주 어릴 때 장미와 구별할 수 있을 만큼 자라면 규칙적으로 신경을 써서 바오밥나무를 뽑아버려야 하는 것도 알았다. 그리고 그의 별에서는 해가 지는걸. 맘 내킬 때마다 볼 수 있었다.

"어느 날은 해 지는 걸 마흔세 번이나 본 적도 있어."

…

"그런데. 몹시 슬플 적엔 해 지는 게 좋아져…."

어린 왕자의 별엔 꽃잎이 한 겹만 있는 소박한 꽃들이 있었다. 그것들은 자리도 별로 차지하지 않았다. 꽃은 빈틈없이 몸치장하였다. 어린 왕자가 칭찬하자 꽃은 당연하다는 듯 받아들였다.

어린 왕자는 그 꽃이 겸손하지는 않다는 것을 눈치챘다. 하지만 그 꽃은 너무나도 마음을 설레게 했다. 그렇게 꽃은 약간의 허영심으로 어린 왕자를 괴롭혔다 저녁에는 둥근 덮개를 요구하기도 했다.

어린 왕자의 별은 소행성들의 지역에 있었다. 첫 번째 별에는 어떤 왕이 살고 있었다. 왕은 명령하기를 좋아했다. 별들도 복종하지 않는 것을 용납하지 않았다. 그러나 왕은 명령이 어긋나지 않아야 한다는 것을 알았다. 두 번째 별에는 허영심에 빠진 사람이 살고 있었다.

"아, 아! 나를 숭배하는 사람이 찾아오는군!"

그 다음 별에는 술꾼이 살고 있었다. 술꾼은 창피한 걸 잊어버리려고 술을 마신다고 하였다. 네 번째 별은 사업가의 별이었다. 그는 매우 바쁜지 고개도 들지 않았다.

다섯 번째 별은 별 중에 가장 작은 별이었다. 그저 가로등 하나와 가로등 켜는 사람 하나가 서 있을 만한 자리밖에 없었다. 여섯 번째 별은 엄청나게 큰 책을 쓰고 있는 늙은 신사가 살고 있었다. 그는 지리학자였다.

"지리책은 모든 책 중에서 가장 귀중한 책이야. 그것

은 절대로 유행을 타는 법이 없지. 산이 자리를 바꾸는 일은 거의 없어. 바다의 물이 말라버렸다는 일도 거의 없고. 나는 그런 변함없는 것들만 기록해."

일곱 번째 별은 지구였다. 처음 만난 아프리카 뱀으로부터 어린 왕자가 도착한 곳이 사막인 것을 알게 되었다. 그리고 보잘것없는 꽃 한 송이와 메아리를 만났다.

어린 왕자는 오랫동안 모래와 바위들과 눈 속에서 헤매고 나서 마침내 길을 하나 발견했다. 그곳은 장미꽃이 만발한 정원이었다.

어린 왕자는 그것을 보자 몹시 불행하게 느껴졌다. 그의 꽃은 이 세상에 자기와 같은 꽃은 하나도 없다고 말했었다. 그런데 이 정원에는 똑같은 꽃이 오천 송이나 피어 있었다.

"난 이 세상에 단 하나밖에 없는 꽃을 가진 부자인 줄만 알고 있었지. 그런데 알고 보니 내가 가진 꽃은 겨우 평범한 장미꽃이더군. 그리고 기껏 무릎까지밖에 안 오는 화산 세 개. 그중 하나는 영영 꺼져버렸는지도 모르는데."

어린 왕자가 슬퍼할 때 사막의 여우가 나타났다. 어린 왕자는 여우에게 같이 놀자고 했으나 여우는 길들여지지 않아 놀 수 없다고 했다.

"네가 나를 길들인다면 우리는 서로를 필요로 하게 되는 거야. 너는 내게 이 세상에서 하나밖에 없는 존재가 되는 거야. 난 네게 이 세상에서 하나밖에 없는 존재가 될 거고…."

어린 왕자는 다음날 같은 곳을 갔다. 그렇게 해서 여우를 길들였다. 그리고 철도원과 장사꾼도 만난다.

사막에서 비행기가 고장을 일으킨 지 팔 일째 되는 날 마지막 남은 한 방울의 물을 마시고 우물을 찾으러 갔다. 해가 뜰 무렵 우물을 발견했다.

"별들이 아름다운 건, 눈에 보이지 않는 한 송이 꽃 때문이야."

…

"그래, 집이건 별이건 사막이건 그것을 아름답게 하는 건 눈에 보이지 않는 법이지."

어린 왕자는 두려워하는 것 같았다. "바로 저기야. 나 혼자 한

발짝만 걸어갈 테니 보고만 있어." 그렇게 말한 왕자는 그 자리에 주저앉았다. 그는 잠시 망설이더니 다시 일어나 한 발짝을 내디뎠다.

어린 왕자는 질문에 답하기보다는 자기의 말만 한다. 때로는 고집스럽게 보이기도 하지만 어린이들의 세계를 어른들이 이해하지 못하는 것을 어린 왕자로부터 배울 수 있다. 보아뱀이 코끼리를 삼키는 그림을 본 어른들은 모자를 보고 뭐가 무서우냐며 반문한다.

인간과 인간의 관계 설정에 있어 사회 규약은 서로의 거짓으로 자신의 이득을 취하도록 하고 있다. 순수함을 잃어버린 어른들은 자신의 이득을 위한 거짓말들은 아무 거리낌 없이 한다.

작은 양심은 사회를 어떻게 바라보느냐에 따라 조금은 다르겠지만 어른 대부분은 양심이라는 말은 사전적 단어로서만 존재하는 것으로 생각한다.

순수한 영혼으로 남아 있어야 할 어린이의 세계가 현재에 와서는 대부분 파괴되고 변질된 것이 안타깝다. 원하지 않는 학습으로 인한 아이들의 스트레스는 어른의 것과는 비교할 수조차 없다.

엄마나 아빠가 자신을 돌봐줄 것이라는 기대는 이웃집 아이들과 비교당하면서 파괴되고 소멸한다. 아이들은 그 속에서 점점 말이 없어지고 믿음이 사라지고 있다.

어른들의 질문에 대답하기보다는 본인의 궁금한 것을 물어보는 것이 어린이다. 그런 어린이들을 향한 어른들의 생각은 법과 규칙으로 정해진 대로 행하지 않는 어린이들의 세상을 탓한다.

청새치와의
싸움에서 보여지는
인간의 의지

— 어니스트 헤밍웨이 『노인과 바다』

멕시코 만류에서 조각배를 타고 고기잡이하는 노인 산티아고는 84일 동안 고기를 한 마리도 잡지 못하였다. 그를 따르던 소년 마놀로도 부모의 권유로 다른 배를 타게 되었다.

그러나 마놀로는 언제나 노인 편이었다. 소년은 매일 고기를 못 잡아 오는 노인을 위해 허드렛일을 거들고 말동무가 되어준다.

노인은 혼자서 먼 바다로 나가서 고기잡이하던 중 거의 이틀을 고군분투하며 본인의 배보다 더 큰 청새치를 잡게 된다. 고기를 배로 끌어 올릴 수 없던 노인은 뱃전에 고기를 밧줄로 묶고 돌아가게 된다.

고기는 죽음의 상처를 입고 갑자기 생기를 되찾은 듯

했다. 이제 고기는 수면에 온몸을 드러내고 그 힘과 아름다움을 아낌없이 과시했다.

한순간 배 안에 서 있는 노인보다도 높이 하늘로 치솟았는가 하면 다음 순간에는 물속으로 자취를 감춰버렸다. 철썩하는 소리와 더불어 물보라가 노인과 배 위에 왈칵 쏟아져 내려왔다.

…

이제 이놈을 배와 나란히 묶을 올가미와 줄을 준비해야지, 하고 노인은 생각했다. 설사 지금 사람이 둘 있어 이놈을 배에 싣고 물이 고이면 퍼낸다고 할지라도 도저히 이 배에는 고기를 실을 수가 없다.

모든 준비를 갖추고 난 다음에 고기를 배에 잘 붙들어 매고 돛대를 세워 돛을 올리고 돌아가야만 한다.

돌아가는 중 이번에는 상어 떼의 공격이 시작된다. 노인은 상어 떼와 죽을힘을 다해 싸우지만, 청새치를 지키기에는 역부족이었다.

노인은 상어 떼와 싸우다 힘들고 지치자. 이 모든 일이 꿈이라면 얼마나 좋을까 하고 생각한다. 또 고기를 잡는 것이 아니라 침대에 혼자 누워 있었더라면 얼마나 좋을까 라도고 생각한다.

"하지만 인간은 패배하도록 창조된 게 아니야." 그가 말했다. "인간은 파멸당할 수는 있을지 몰라도 패배할 수는 없어." 하지만 '고기를 죽여서 정말 안 됐지, 뭐야.' 하고 그는 생각했다.

...

'그놈보다야 내가 더 똑똑하지. 아냐, 어쩌면 그렇지 않을지도 몰라.' 하고 그는 생각했다. '그놈보다 어쩌면 내가 무장이 좀 더 잘 되어 있을 뿐인지도 몰라.'

노인은 여러 번의 고비를 넘기며 다시 힘을 내서 상어들과 며칠 동안 싸웠지만 항구에 도착해서 보니 청새치는 머리와 뼈만 앙상하게 남아 있었다.

소년은 노인이 잡아 온 청새치를 보았다. 노인의 판잣집에서 노인이 숨을 쉬고 있는지 확인하고 노인의 두 손을 본 소년은 슬픔의 눈물을 흘린다.

노인은 돛대를 내리고 돛을 감아서 묶었다. 그리고 돛대를 어깨 위에 메고 언덕길을 오르기 시작했다. 그때야 노인은 비로소 자기 피로의 깊이를 알았다. 노인은 잠깐 발걸음을 멈추고 뒤를 돌아보았다.

고기의 거대한 꼬리가 가로등 불빛을 반사하면서 작

은 배의 고물 쪽에 빳빳이 서 있었다. 그리고 드러난 등뼈의 하얀 선과 뾰족한 주둥이를 가진 머리 부분의 검은 덩어리 사이가 텅 빈 것이 보였다.

이 작품은 육체적인 노동력 이외에 그 밖에 상징은 보이지 않는다. 소년과 노인, 바다와 청새치, 청새치와 상어, 바다와 노인이 있을 뿐이다. 그 속에서 현실의 이상도 자아도 찾을 수 없다.

그러면서도 인간의 집중력이 고난과 쓰라린 아픔을 잊게 만든다는 것을 말하고 있다. 이런 것이 이상이 아닌 현실이며 인간의 자아 이전에 본능임을 이야기하고 있다.

인간의 본능은 소년 마놀로와 노인을 통해 더욱 뚜렷이 나타난다. 소년은 부모님의 반대로 인해 노인과 함께 배를 타지 못한다. 그러나 노인과 함께했던 시간을 잊지 못하고 자기 일이 끝나면 늘 노인을 도와주고 있다.

이러한 행동은 인간의 선한 마음의 본능이 일으키는 행동이다. 노인 또한 소년을 자식처럼 대한다. 소년이 다칠까 걱정하며 부모에게 혼이 나지 않을까 염려한다.

소설의 마지막 부분으로 가면 소년은 노인이 혼자서 바다와 청새치와 상어들과의 싸움에서 돌아와 판잣집에서 자는 모습을 보며 눈물을 흘린다. 인간의 선한 감정을 소년의 소리 내 우는 모습으로 보여준다.

한편으로 파멸할지언정 패배하지 않겠다는 주인공 산티아고를 통해 인간의 의지가 얼마나 강한가를 헤밍웨이는 말하고 있다.

산티아고는 잡은 청새치를 상어로부터 지키기 위해 노인으로서 할 수 있는 최대의 노력을 한다. 너무 힘이 들어 잠깐의 꿈으로 생각하기도 하지만 인간의 정신은 승리할 수밖에 없다는 것을 보여준다.

이룰 수 없는 사랑에 대한 애절한 서사시

— 요한 볼프강 폰 괴테 『젊은 베르테르의 슬픔』

베르테르가 친구인 빌헬름에게 보내는 편지 형식으로 서간체 소설이다. 이 소설은 이미 약혼자가 있었던 여인을 사랑한 청년 괴테의 이룰 수 없는 사랑에 관한 이야기이다.

감수성이 풍부한 베르테르는 고향을 떠나 어느 고장에 정착해 있을 때 우연히 만난 로테를 보고 첫눈에 반한다. 그러나 로테는 이미 알베르트라는 청년과 약혼한 사이였다.

로테는 이후 베르테르와 알베르트를 소개해 좋은 관계를 유지하려고 하지만 그렇게 되기에는 한 여인을 사이에 둔 두 남자의 사이는 좋아질 수 없었다.

우리는 창가로 다가갔다네. 천둥소리가 멀리서 울리

고 시원한 비가 조용히 땅을 적시고 있었지. 더할 나위 없이 상쾌한 장미의 향기가 따뜻한 공기 속에 충만하여 우리가 있는 데까지 풍겨 왔네.

로테는 창틀에 팔꿈치를 괴고 서서 조용히 바깥을 내다보고 있었네. 하늘을 우러러보다가 이윽고 나를 보았는데, 그녀의 눈에는 눈물이 가득 괴어 있었네.

그녀는 자기 손을 내 손 위에 얹으며 "클럽시톡!" 하고 말했네. 나는 곧 로테가 생각하고 있는 클럽시톡의 그 장려한 송가를 마음속에 되새기며, 그녀가 암호와도 같은 말로써 나에게 전달하려 한 감정의 흐름 속에 잠겨 들었네.

나는 벅찬 감동을 억누를 길이 없어, 환희에 넘치는 뜨거운 눈물을 흘리며 몸을 구부려 그녀의 손에 키스를 했네.

…

아, 소유! 그렇다네, 빌헬름이여, 어쨌든 그녀의 약혼자가 돌아온 걸세, 다행히 나는 그가 돌아올 때 마중하는 자리에는 있지 않았지. 만일 그 자리에 있었더라면 가슴이 찢어지는 듯한 아픔을 느꼈을 것일세.

로테에 대한 사랑이 깊어질수록 그녀의 사랑을 얻는다는 것이 어렵다는 것을 느낀 베르테르는 잠시 로테의 곁을 떠난다. 친구의 소개로 직업을 갖기도 하고 고향으로 돌아가 순례의 길도 걸어본다. 또한 전쟁에 참전할까도 고민하지만 결국 로테를 잊을 수 없음을 깨닫고 로테가 있는 곳으로 돌아온다.

> 인간이 행복해지고자 하는 그 자체가 도리어 인간을 비참하게 만드는 원천이 됨은 이것 또한 불가피한 법칙이란 말인가?
>
> 내 마음속에 충만해 있는 생동하는 자연에 대한 열렬한 감정은, 나로 하여금 기쁨에 넘치도록 하면서 나를 감싸고 있는 세계를 낙원으로 변모시켜 주고 있었는데, 그런데도 지금은 가혹한 박해자인 동시에 고뇌의 정령이 되어 어디를 가나 내게 달라붙어 다니며 괴롭힌다네.
>
> …
>
> 나는 다만 로테 곁으로 다시 가고 싶은 걸세. 그게 내 마음의 전부야. 나는 그런 나 자신을 마음껏 비웃고 있네.

로테가 있는 곳으로 돌아온 베르테르는 그녀의 남편인 알베르트에 대한 질투심으로 견딜 수 없는 시간을 보낸다. 로테에 대한 자신의 사랑하는 마음을 더 이상 어떻게 할 수 없다는 것을 깨달은 베르테르는 결국 자살하는 길 만이 그의 사랑을 완성해 줄 것으로 생각한다.

> 아, 로테! 나는 먼저 갑니다. 나의 아버지요, 당신의 아버지인 그분에게 가서 하소연하겠습니다. 그러면 그분은 당신이 올 때까지 나를 위로해 주시겠지요.
>
> 당신이 오면 나는 기쁘게 맞이하여, 영겁의 아버지가 계시는 앞에서 당신을 끌어안고, 영원한 포옹을 계속하며 함께 있을 것입니다.
>
> 꿈을 꾸고 있는 것이 아닙니다. 환상을 그리고 있는 것도 아닙니다. 마지막 무덤길에 와서 내 마음은 더욱 맑아졌습니다. 언젠가는 저세상에 가게 마련입니다. 저세상에서 가서 다시 만나게 될 것입니다.

베르테르는 알베르트에게서 빌려온 권총으로 자살한다. 로테는 베르테르의 자살 소식을 듣고 기절한다.

괴테는 25세 되던 해에 샤로테 부프를 만나 사랑하게 된다. 그러나 그녀는 이미 약혼자가 있었다. 괴테는 그녀를 사랑할 수 없다는 것에 절망하여 도망치듯이 고향으로 돌아온다.

이후 친구인 예루살렘이 남편이 있는 여인을 사랑하다 자살하였다는 소식을 듣는다. 소설은 괴테의 체험과 친구의 자살에 관한 이야기를 토대로 14주 만에 완성되었다. 소설이 출간된 시기에는 젊은 독자층에게 큰 감동을 줬으며 실연당한 남자들이 베르테르처럼 자살하는 일도 생겨났다.

현재에도 소설과 같은 일들이 수없이 일어나고 반복되고 있다. 그러나 문화가 만들어 놓은 사회 규범상 드러내지 못하고 우리는 그것을 불륜이라고 부른다.

우리 주변에는 사랑할 수 없는 사랑을 하는 사람들이 베르테르의 슬픔보다 더 큰 슬픔을 견뎌내며 살아가고 있다. 남녀 간의 사랑이란 무엇일까? 어느 영화의 대사처럼 '사랑은 변하는 거야!', '사랑이 어떻게 변하니!' 어떤 것이 사랑의 정의에 맞는 대사일까?

베르테르는 자살하면서 영겁의 세계에서 사랑을 이루고자 소망한다. 현실에서의 사랑을 이룰 수 없는 사람들도 베르테르와 같은 마음일 것이다. 베르테르의 죽음은 개인의 비극이기보다 모든 시대의 같은 아픔을 지닌 사람들의 비극일 것이다.

그리스인들의 지혜와 재치

— 이솝 『이솝 우화집』

『이솝 우화집』은 사람이 살아가면서 느낄 수 있는 여러 가지의 일들을 동물에 비유해서 써 내려간 우화들이 대부분이다. 독수리와 여우가 친구가 되기도 하고, 개와 수탉이 우정을 맺고, 사람과 뱀이 싸우다 화해하기도 한다. 제우스와 아테나, 헤르메스, 아프로디테, 프로메테우스 등 신화 속의 신들도 등장한다.

덫에 걸린 독수리를 구해준 농부에게 은혜로 보답하는 독수리, 황새와 여우가 서로를 초대해서 대리석 판과 목이 긴 그릇으로 서로에게 보복한 이야기, 사자와 싸워 이겨 의기양양해 날아가다 거미줄에 걸린 모기, 바람과 태양이 나그네의 옷을 벗기기로 싸우는 이야기, 나무꾼의 금도끼와 은도끼, 거짓말하는 양치기 소년 등등 한 번쯤은 들어본 짧은 우화로 우리에게 친숙하게 다가

온다.

말벌이 뱀 머리 위에 앉더니 계속 침을 쏘아 괴롭히는 것이었습니다. 아파서 울화가 치미는 데다가 달리 보복할 방도도 알지 못한 탓에 달구지 수레바퀴 밑에 머리를 박았습니다. 뱀도 말벌도 죽고 말았지요.

…

제우스가 자기 혼인 잔치 때 모든 동물을 접대하였습니다. 오직 거북이만이 자기 집이 최고라고 오지 않았습니다. 제우스는 화가 나서 거북이로 하여금 제 등에 집을 얹고 다니게 했다는 것이지요.

…

입에 고깃점을 물고 개가 강을 건너가고 있었습니다. 물 속의 제 그림자를 본 개는 그것이 더 큰 고깃점을 물고 있는 다른 개라고 생각했습니다. 물고 있던 고깃점을 떨어뜨리고 다른 개 것을 채 가지려고 펄쩍 뛰었습니다.

…

두 친구가 여행하고 있을 때 갑자기 곰이 나타났습니다. 한 사람은 나무로 올라가 숨었고 곧 잡히게 되리라 생각한 사람은 땅바닥에 누워 죽은 체를 하였습니다. 곰이 코를 대고 냄새를 맡다가 떠나버렸습니다.

나무에 올라갔던 사람이 내려와 곰이 귀에 대고 무슨 소리를 했느냐고 친구에게 물었습니다. "위험에 처한 친구 곁을 떠나는 사람과는 여행을 다니지 말라고 말했다네." 하는 것이 대답이었습니다.

…

사자가 제대로 잠자고 있는 산토끼 한 마리를 발견하고 막 잡아먹을 참이었는데, 그때 지나가는 수사슴을 보았습니다. 사자는 즉시 산토끼를 입에서 떨구고 보다 큰 먹이를 향해 달려갔습니다.

그러나 오랜 추격 끝에 수사슴을 따라잡을 수 없다는 것을 깨닫고는 포기하고 산토끼에게로 돌아왔습니다. 그러나 사자가 이전의 지점에 도착했을 때 산토끼는 어디에도 보이지 않았습니다. 그래서 사자는 저녁 식사를 걸러야 했습니다. '자업자득이지 뭐. 손에 잡은 것에 만족했어야 했어. 더 나은 먹이를 바라지 말고….'

…

짓궂은 소년들 몇 명이 연못가에서 놀고 있었는데. 그들은 몇 마리 개구리들이 얕은 물 속을 이리저리 헤엄치며 돌아다니는 모습을 보자 돌팔매로 세차게 때리는 장난을 시작했습니다.

그래서 몇 마리 개구리가 죽었습니다. 마침내 한 개구

리가 물 위로 머리를 내밀고 말했습니다.

"제발 그만 해! 그만 해! 부탁한다. 너희들한테는 놀이지만 우리에겐 죽음이라구!"

…

어느 날 토끼가 거북이를 놀리고 있었습니다. 걸음이 너무 느리다는 것이었습니다.

"잠시 기다려. 너와 경주해보겠어. 틀림없이 내가 이길 거라고 장담해."

거북이가 말하자 그 생각에 흥미를 느낀 토끼가 대답했습니다.

"오, 그거 좋지. 한번 해보자꾸나."

이리하여 여우가 그들이 뛸 코스를 정하고 심판이 되어준다는 데에 합의를 보았습니다. 시간이 되었을 때 둘은 동시에 출발했습니다. 얼마쯤 지나자 토끼는 너무 많이 앞섰기 때문에 좀 쉬는 편이 좋겠다고 생각했습니다.

토끼는 드러누웠다가 그만 깊은 잠이 들고 말았습니다. 그러는 동안 거북이는 계속 터벅터벅 걸어서 이윽고 종착점에 도착했습니다.

마침내 토끼는 깜짝 놀라 눈을 뜨고는 할 수 있는 최고 속도로 달렸습니다. 그러나 토끼는 거북이가 이미 경주에서 이긴 것을 발견했을 뿐이었습니다.

인간은 사회를 구성하고 규칙을 정해 살아가고 있다. 그러나 거짓과 탐욕, 음해 등으로 다른 사람들에게 해를 끼치기도 한다. 또한 부자와 가난한 자, 못된 자와 착한 자 등 여러 부류의 인간이 어울려 살아가는 것이 사회이다. 이솝 우화는 한 사회의 구성원으로 살아가면서 올바른 길이 어떤 것인지를 안내한다.

이솝 우화는 현실과 동떨어진 이야기들이다. 동물들이 인간과 말을 하고 동물들끼리 경쟁하고 다투기도 한다. 그런 이야기들 속에서 인간의 도리와 올바른 삶의 길을 안내한다. 인간으로서 하지 말아야 할 행동을 동물들을 통해 따끔하게 충고하고 있다.

세상에는 여우 같은 놈, 토끼 같은 놈, 곰 같은 놈, 나귀 같은 놈 등등 놈놈놈 들이 살아가고 있다. 이솝 우화는 그런 놈들을 동물들의 이야기로 비유한다. 각각의 우화들을 읽으면서 읽는 사람마다 해석이 다를 것이다.

그것은 우화의 내용이 달라서가 아니라 읽는 사람의 생각이 달라서일 것이다. 어떤 독자는 "뭐 이런 책이 다 있어?" 하고는 읽기를 그만둘 수도 있다. 또 다른 독자는 짧게 이어지는 이야기들에 쉽게 읽을 수 있을 것이다. 이렇게 다양한 사람이 있는 것처럼 이솝 우화는 우리에게 다양한 모습으로 다가온다.

타락과 폭력,
그리고 독재 권력

— 조지 오웰 『동물농장』

소설은 메이저 영감(돼지)의 연설로 시작된다. 동물들은 자유가 없으며 동물의 생애란 비참한 노예라고 한다. 인간은 생산하지도 않고 소비하는 유일한 생물이라고 한다.

그러면서 다음과 같은 연설을 하며 동물들이 봉기하여 자유를 찾을 날이 얼마 남지 않았다고 한다.

> "우리의 이 삶의 본질은 무엇입니까? 똑바로 생각해 봅시다. 우리의 삶은 비참하고 고되고 짧습니다. 우리는 세상에 태어나서 목숨만 겨우 유지할 만큼의 먹이를 얻어먹고는 일할 수 있는 자들은 마지막 한 방울의 힘까지 일하도록 강요받고 있소. 그리고 우리의 쓸모가 다하

자마자 지독히 잔인하게 도살당합니다."

…

"훨씬 많은 동물에게 풍부한 식량을 공급할 수 있습니다. 거의 상상도 할 수 없을 만큼 편안하고 품위 있게 살 수 있습니다. 그렇게 못하는 것은 우리가 노동해서 생산한 대부분을 인간들이 우리에게 도둑질해가기 때문입니다."

메이저 영감이 죽고 나서 몇 개월 뒤에 동물들의 반란이 일어났고 성공한다. 돼지 중에서 스노볼, 나폴레온, 스퀼러가 동물들을 지배한다. 돼지들은 일은 하지 않았으며 유일하게 하는 것이 정신노동이었다.

그러나 게으름을 피우지 않았고 아무도 자기 배급량에 대해 불평하지 않았다. 소들이 생산해 내는 우유 또는 과일 중에서 사과는 돼지들만이 먹을 수 있었다. 돼지들은 밤낮으로 동물들의 복지를 살피는 데 힘을 쓰기 위해서라며 자신들만 좋은 음식 먹는 것에 대해 합리화하였다.

"우리 돼지들 중 상당수가 우유와 사과를 실제로 좋아하지 않습니다. 우리가 먹는 유일한 이유는 우리 건강을 지키기 위해서입니다. 우유와 사과에는 돼지의 건강에 절대 필요한 물질이 들어 있어요.

우리 돼지들은 두뇌 노동자들입니다. 이 농장의 모든 경영과 조직이 우리에게 달려 있습니다. 밤낮으로 우리는 여러분들의 복지를 살피고 있소. 우리가 우유를 마시고 사과를 먹는 건 당신들을 위해서란 말입니다."

스노볼과 나폴레온의 연설 중에 나폴레온은 어릴 때부터 키워왔던 개들을 대동하고 스노볼을 농장에서 쫓아내고 권력을 잡는다. 나폴레온은 자주 나타나지 않았으며 대신 스퀼러가 모든 연설을 대신하였다.

인간들이 농장을 되찾기 위해 두 차례 공격해 왔으나 모두 동물들의 승리로 끝난다. 나폴레온은 영웅시되었고 체제에 순응하지 않고 반항하는 많은 동물을 처형하였다.

인간이 지배하던 시대보다 더 많은 시간을 일하면서도 먹을 것은 조금도 나아진 것이 없었다. 스퀼러는 역사를 왜곡하고 거짓 선동으로 동물들을 회유하였다.

겨울은 지난해만큼 추웠고 식량은 오히려 더 부족했다. 돼지와 개의 것만 빼고 식량 배급량이 다시 한 번 줄어들었다. 식량 배급에 있어 너무 엄격한 평등은 동물주의 원칙에 위배되는 것이었다는 게 스퀼러의 설명이었다.

어떤 경우에든 그는 외양이야 어떻든 간에 식량이 실제로는 부족하지 않다는 것을 어렵지 않게 다른 동물들에게 증명해 보였다.

…

먹여야 할 식구도 훨씬 많아졌다. 가을에 네 마리 암퇘지가 거의 동시에 해산을 해서 서른한 마리의 새끼를 낳았다.

새끼 돼지들은 흑백 얼룩이었고, 농장에서는 나폴레온이 유일한 수퇘지였기 때문에 아비가 누구인지 추측할 수 있었다. (…중략…) 그들은 정원에서 운동을 했고 다른 새끼 동물들과 어울려 놀지 못하도록 했다.

이 즈음에 역시, 돼지와 아는 동물이 길에서 마주치면 다른 동물이 길을 비킬 것과, 또 모든 돼지는 계급의 고하를 막론하고 일요일에는 꼬리에 녹색 리본을 매는 특권을 갖는다는 규칙이 제정되었다.

몇 해가 지나고 봉기 전을 기억하는 동물들은 아무도 없는 시절이 되었다. 농장은 부유해지지만 동물들 자신은 부유해지지 않는 것처럼 보였다. 돼지들은 두 발로 걷기 시작했으며 처음 봉기할 때 쓰였던 7가지 계명은 사라지고 단 하나만이 남게 되었다.

모든 동물은 평등하다. 그러나 어떤 동물들은 다른 동물들보다 더욱 평등하다.

『동물농장』은 인간의 행동을 동물들로 의인화하여 지배 권력을 풍자한 우화 소설이다. 조지 오웰은 인간의 지닌 약점을 꼬집는 교훈적인 것보다는 지배 권력층의 타락한 모습을 돼지를 통해 보여주고 있다.

책을 출간한 당시에는 어떤 이념적 이유로 출간이 어려웠다고 작가가 밝힌 것처럼 소비에트 철의 장막을 묘사하고 있다는 것을 누구나 알 수 있다. 또한 '동물주의'로 변한 공산주의의 폐해를 꼬집고 있다.

조지 오웰은 권력이 한 사람의 독재로 변할 때 어떤 선전으로 현실을 부정하고 조작하여 국민을 우롱하는지를 보여주고 있다. 또한 돼지로 바뀐 계급주의 사회에서 공산주의 독재의 폐단뿐만 아니라 현재를 살아가는 자유민주국가에서도 볼 수 있는 계급주의 형태를 보여주고 있다. 영화 '내부자들'에서 백윤식은 이렇게 말한다.

"대중들은 개돼지입니다. 적당히 짖어대다 알아서 조

용해질 겁니다."

우리 사회를 지배하고 있는 권력자 중에 그와 같이 생각하는 인간들은 어디서나 쉽게 찾아볼 수 있다.

자유민주주의 체제 하에서 살아가는 우리 삶이 온전한 자유를 누리지 못하는 것이 현실이다. 법으로 보장된 민중의 외침은 권력에 힘으로 제지당하고 있으며 누구든 의견을 제시할 권리는 정치라는 이름으로 철저히 무시당하고 있다. 올바른 내용의 보도는 사라지고 있으며 SNS는 거짓 선동이 넘쳐나고 있다.

양심에 굴복할 수밖에 없는 인간의 나약함

— 윌리엄 셰익스피어 『맥베스』

맥베스 장군은 뱅코와 함께 개선장군으로 귀향하던 중 길에서 세 마녀를 만난다. 마녀들은 맥베스에게 장차 왕이 되실 분이라고 칭송한다. 덩컨 왕은 돌아온 맥베스에게 무한한 기쁨을 느끼며 영광의 문장이 별처럼 모든 공신들 위에 빛나게 할 것이라고 한다.

그날 밤 덩컨 왕은 맥베스의 성으로 찾아온다. 맥베스는 마녀들이 예언한 일을 부인에게 얘기하고 부인은 거기에 동조하여 덩컨 왕을 살해하기로 한다.

"이제부터는 당신의 애정도 그런 것인 줄 알겠습니다.
마음으로는 원하면서도 그것을 용감히 행위에 옮기는

것은 두렵다는 말씀이지요?"

맥베스 부인은 시중을 드는 이들에게 술을 주어 깊이 잠들게 하고 맥베스는 덩컨을 살해한다. 살해의 누명을 씌우기 위해 침소에서 시중을 드는 두 명도 살해한다.

덩컨을 살해하고 왕이 된 맥베스는 뱅코(덩컨의 무장)가 자신이 한 일을 알고 있다는 것에 대해 늘 불안해하고 있다. 맥베스는 암살자를 고용한다.

"너희에게 내밀한 일을 부탁하려 한다. 그 일을 수행하기만 하면 너희 적도 훌륭히 제거할 수 있을 것이며 나의 총애도 얻을 수 있을 것이다."

암살자들은 숲속에서 뱅코를 살해한다. 그러나 같이 있었던 뱅코의 아들 플리언스는 달아난다. 맥베스는 또다시 불안에 떨고 망령까지 보게 된다. 불안에 떨게 된 맥베스는 폭정을 일삼는다. 결국 신하들이 반란을 일으키고 맥베스는 신하 맥더프에 의해 무참히 살해된다.

『맥베스』는 셰익스피어 4대 비극 중의 하나로 시나리오로 된 작품이다. 왕을 꿈꾼 맥베스는 반역을 일으켜 왕을 죽이고 왕관을 얻었으나 공포와 절망감에 사로잡혀 파멸해 가는 과정을 그리고 있다.

인간의 욕심은 어디까지일까? 중국 춘추전국시대의 맹자는 성선설을 주장하였다. 인간의 본성은 태어날 때부터 착하게 태어난다고 주장하였다. 반대로 순자는 성악설을 주장하였다. 어릴 때부터 남을 생각하기보다는 자기 먼저 생각하는 게 인간의 본성이라고 주장한다.

맥베스에 등장하는 인물들의 본성은 선과 악이 공존하고 있다. 선하게 태어났지만, 사회적 인물로 자라며 악하게 될 수도 있다. 악하게 태어났지만, 사회적 인간으로 진화하면서 선하게 될 수도 있다.

사회적 인간이란 행동을 결정하는 데 있어 주변 사람들로부터 배운다는 것이다. 즉 다른 사람과의 관계 속에서 자신의 정체성을 형성하게 된다고 보는 것이다.

맥베스에 등장하는 인물들은 철저한 사회적 인간으로서 행동한다. 자신의 이득을 위해서는 살인도 마다하지 않는다. 그러나 한편으로는 한 인간으로서 죄책감을 느끼고 반성하고 있다.

도스토예프스키의 『죄와 벌』에서 대학생 라스콜리니코프는 고리대금업자인 노파와 여동생을 살해한다. 그는 양심의 가책을 느끼며 숨어 살다가 결국 자수하고 벌을 받게 된다. 인간은 누구나 잘못한 일에 대하여 죄의식을 느끼며 살아간다.

한순간의 욕망을 참아내지 못하고 인간이 공유하는 문화에 속해 있는 제도권 밖으로의 행동으로 인해 처참하게 무너지는 인간을 우리는 어디서나 볼 수 있다.

『죄와 벌』에서의 잘못된 판단으로 인한 살인은 벌이라는 제도를 통해서 삶을 살아내려 한다. 『맥베스』에서는 인간이 어디까지 타락할 수 있는지를 맥베스의 처참한 죽음을 통해 보여주고 있다.

끝없는 인간의 욕망

— 윌리엄 셰익스피어 『리어왕』

브리튼 왕 리어는 세 명의 딸을 두고 있었다. 큰딸 고너릴, 둘째 리건 그리고 막내딸인 코딜리어가 리어의 딸이었다. 그중 막내딸만이 결혼하지 않고 있었다.

리어왕은 어느 날 자신이 늙었다는 것을 인정하며 딸들과 사위들을 불러 자신을 얼마나 사랑하는지를 말하게 한다. 그러면서 효심이 지극한 사람에게 가장 큰 재산을 주겠다고 하였다.

큰딸 고너릴과 둘째 리건은 온갖 찬양의 말로 리어왕을 움직였으나 셋째 딸 코딜리아는 정직하게만 이야기하였다.

화가 난 리어왕은 첫째와 둘째에게 영토를 절반씩 주고 셋째 딸에게는 아무것도 남기지 않았다. 아버지에게 버림받은 셋째는 그녀에게 구애하던 프랑스 왕에게 시집을 간다.

"나는 그 애를 가장 사랑했소. 그 애의 정다운 위로를 받으면서 여생을 보내려고 생각했소. 나가라, 사라져버려라! 그 애에 대해 아비로서 마음을 버린 이상 이제 무덤만이 내게는 안식처로구나!"

모든 재산을 두 딸과 사위에게 양도한 리어왕은 첫째 딸의 성에서 기거한다. 그러나 그녀는 이전과 완전 다른 사람처럼 아버지를 홀대한다.

이에 리어왕은 둘째 딸의 성으로 가지만 거기서도 첫째 딸과 다를 바 없는 대접을 받다가 쫓겨나 분노에 차 자기 행동을 후회한다. 이후 리어왕을 돕는 신하들에게서 아버지의 사정을 전해 들은 셋째 딸은 프랑스 군대를 이끌고 영국으로 쳐들어간다.

"아, 그리운 아버님! 제가 출진하는 것도 아버님 당신 때문입니다. 우리의 군사를 움직인 것은 엉뚱한 야심이 아니고 다만 사랑과 아버님에 대한 효도, 늙으신 아버님의 권리 때문입니다."

리어왕은 전쟁터에서 셋째 딸을 만나 정성스러운 간호를 받게 된다. 하지만 전쟁은 프랑스군이 패배하며 리어왕과 셋째 딸은 포로가 된다.

한편 첫째 딸과 둘째 딸은 한 남자를 사이에 두고 서로 싸움을 벌이다 첫째 딸이 둘째를 독살한다. 양심의 가책을 느낀 첫째는 얼마 후 스스로 목숨을 끊는다. 그리고 감옥에 있던 코딜리어마저 군의 명령에 따라 죽임을 당한다.

"가엾게도 내 바보는 목 졸려 죽었어! 이제는, 생명이 없어! 개나 말이나 쥐 같은 것도 생명이 있는데 너는 왜 숨이 없느냐?"

리어왕은 셋째 딸의 시신을 안고 절규하다 괴로움을 견디지 못하고 죽게 된다.

셰익스피어는 영국 최고의 극작가로 뛰어난 상상력과 풍부한 언어로 다양한 연극 무대를 만든다. 『리어왕』은 셰익스피어의 4대 비극 중 하나로 인간이 욕심과 끝없는 배신으로 인한 살인을 그리고 있다. 그리고 진정한 사랑을 몰라보고 허영심으로 가득한 말들에 현혹된 한 인간의 몰락을 보여준다.

시기와 질투, 그리고 인간의 끝없는 욕심, 리어왕은 그것들을 보지 못했다. 인간이 한치 혀로 자신에게 칭송을 다 하는 것에 현혹되어 이성을 잃고 만다. 그리고 진정한 사랑을 보여준 셋째딸의 정직함에 대해서 오히려 화를 낸다.

인간의 내면에 숨겨진 어두운 본성은 그리 쉽고 볼 수 있는 것은 아니다. 또한 착한 마음조차도 우리는 의심을 먼저 하게 된다. 살아온 경험으로 믿음을 갖기보다 먼저 의심의 마음을 먼저 담는다. 사회가 발전하고 문화가 다양화되면서 양보와 배려의 마음은 미련한 자의 마음으로 치부되어 버렸다.

다양한 뉴스 속에 가족의 비극을 너무나 쉽게 접할 수 있는 시대가 되어 버렸다. 안타깝지만 그런 문화 속에 우리는 살아가고 있다. 『리어왕』은 셰익스피어가 41세가 되던 해인 1605년에 발표된 작품이다. 400여 년 전의 욕심과 질투, 그리고 나약한 인간은 다른 인간의(그것이 가족이어도) 마음은 볼 수 없었다.

과학이 발전하여 우주를 탐험하는 이 시대에도 인간은 올바름을 볼 수 없는 나약한 존재로 남아 있다. 우리가 체험할 수 있는 세계는 넓어지고 있으나 인간의 미련함은 좁은 공간에서 벗어날 수 없다고 셰익스피어는 말하고 있다.

죽느냐 사느냐, 그것이 문제로다

— 윌리엄 셰익스피어 『햄릿』

덴마크의 왕자 햄릿은 자기 친어머니 거트루드가 아버지가 죽고 두 달도 채 되지 않아 자신의 삼촌인 클라우디우스와 결혼한 것에 큰 충격을 받는다. 그런 와중에 보초병들 사이에서 햄릿 왕의 귀신을 보았다는 소문이 돌고 햄릿은 스스로 유령인 아버지를 만나게 된다.

유령인 아버지는 자신이 죽은 것은 뱀에게 물려 죽은 것이 아니라 동생 클라우디우스에게 살해되었다고 말한다. 그러면서 복수를 해줄 것을 햄릿에게 부탁한다.

"음탕과 불륜을 일삼는 짐승보다 못한 그놈, 천성이 되어 먹기를 사특한 지혜와 음험한 계교가 있어 계집을

호리고 유인하는 데 능수라, 더할 나위 없이 정숙해 보
이던 왕비를 꾀어 창피 막심한 음란의 자리로 이끌어
갔구나."

햄릿은 아버지의 복수를 하기로 결심한다. 복수를 하기 위해 기회를 엿보지만 소심한 햄릿에게는 쉬운 일이 아니었다. 햄릿은 이상한 행동을 하며 미친 척을 하기 시작했다.

사람 대부분이 햄릿이 정말로 미친 것으로 여기게 되자 햄릿은 진실을 알아낼 계획을 세운다. 성에 있는 떠돌이 극단을 통해 자신의 아버지에 관한 이야기를 연극으로 꾸민다. 그리고 연극을 보는 클라우디우스와 자기 어머니의 반응을 살핀다.

극 중 독살하는 장면이 나오자 클라우디우스가 놀라며 자기 방으로 들어간다. 이에 햄릿은 유령의 말이 사실임을 확인한다. 햄릿은 어머니의 방에서 말다툼을 벌이던 중 커튼 뒤에 숨어있던 오필리아의 아버지를 실수로 죽이게 된다.

한편 클라우디우스도 햄릿을 의심하고 영국으로 추방하여 몰래 죽이려 한다. 영국으로 향하는 배에 올랐던 햄릿은 중간에 해적들에게 붙들려 포로가 되어 덴마크로 돌아오게 된다.

클라우디우스는 햄릿을 사랑하던 오필리아의 오빠 레어티즈와 햄릿과의 펜싱대회를 제안하고 독이 묻은 칼로 햄릿을 죽이려고 한다.

그러나 오필리아가 죽게 되고 오필리아의 장례식에 간 햄릿은 레어티즈와 만나게 된다. 햄릿을 본 레어티즈는 격분하여 결투를 신청하고 검술 대결을 한다.

결투 도중 독이 묻은 칼로 인해 둘 다 치명상을 입고 죽어가면서 레어티즈는 햄릿에게 이 모두가 클라우디우스의 계략임을 밝힌다.

그때 두 사람에게 다가온 거트루드는 우연히 독이 든 포도주를 마시고 죽게 된다. 그리고 클라우디우스도 독에 묻은 칼에 찔려 죽게 된다. 햄릿이 죽어가면서도 클라우디우스를 찔러 복수를 한 것이다.

햄릿은 『리어왕』 『오셀로』 『맥베스』와 함께 셰익스피어 4대 비극 중 하나로 그중 가장 유명한 작품이다. 햄릿은 19세기 낭만주의에 따라 더욱 높이 평가되며 셰익스피어의 대표작으로 알려졌다.

셰익스피어의 4대 비극은 모두가 욕망으로 인한 비극적 결말을 보여주고 있다. 욕망은 인간의 본성일 수 있다. 거기에 더해 욕망이 욕심이 되면 그 비극은 배가 된다.

극 중의 햄릿은 미친 척을 하지만 진실을 알고 난 햄릿은 정말로 미칠 지경이였을 것이다. 자기 형을 독살한 삼촌과 재혼한 어머니를 보며 차라리 미치고 싶은 자기 자아를 어찌할 수 없어 고민한다.

어느 세대이든 치정 살인은 존재한다. 특히 왕권을 둘러싼 살인은 역사 속에서 흔히 볼 수 있는 사실이다. 그런데도 햄릿에서의 왕권 탈취 과정이나 형수를 아내로 맞아들이는 과정을 그린 문체는 그것이 비극이었을망정 셰익스피어의 유려한 필체가 고스란히 담겨 있다.

그리스 로마신화 중에서 오이디푸스 이야기가 있다. 이 이야기 또한 가족 간의 비극적 살인과 어머니와의 결혼이라는 최악의 시나리오이다. 어쩌면 셰익스피어도 그리스 로마신화에 모티브를 두고 있을 수 있다.

테베의 왕 라이오스는 새로 태어나는 왕자가 장성하면 자신을 죽일 것이라는 신탁을 받는다. 라이오스 왕은 동성애자였다. 어느 날 실수로 왕비와 잠자리를 한 뒤 아들을 낳는다. 이에 라이오스 왕은 양치기에게 제 아들을 죽이라고 명한다.

그러나 양치기는 가여운 마음에 아기를 죽이지 못하고 다리를 묶어 나무에 매달아 놓는다. 이를 발견한 농부가 아기를 이웃 나라에 데려간다.

이웃 나라 왕은 아기를 양자로 들이고 오이디푸스라는 이름을 지어준다. 후에 라이오스 왕과 마주친 오이디푸스는 그가 자기 친아버지라는 것을 모르고 다툼을 벌이다 죽이게 된다.

또한 괴물 스핑크스의 수수께끼를 푼 오이디푸스는 테베의 왕으로 추대되고 선 왕비 이오카스테와 결혼하게 된다. 결국 오이디푸스는 자신도 모르게 친아버지를 살해한 자식, 친어머니의 남편이 된 것이다.

신화에서든 인간의 세상에서든 이러한 비극적인 일들은 결국 인간의 욕망에서부터 시작된다. 모자란 부분을 채우고 그도 모자라 좀 더 채우려는 욕심이 세상의 모든 악행과 불화를 일으킨다.

우리는 배우면서 채우려고만 노력하고 있다 가끔은 채움보다는 비움이 필요할 때가 있다.

상상이 살인으로 이어지는 최대의 비극

— 윌리엄 셰익스피어 『오셀로』

무어인 오셀로는 전쟁에서 많은 공을 세우고 인자한 성품과 유능한 능력으로 명망이 높은 장군이다. 그는 베니스 공국 원로인 브라반시오의 딸 데스데모나와 사랑에 빠지게 되나 브라반시오는 오셀로가 흑인이라는 이유로 반대한다. 그러나 두 사람은 몰래 결혼한다.

한편 오셀로는 캐시오를 자기 부관으로 임명하는데 기수인 이아고는 이에 대해 불만을 품고 복수하기로 마음먹는다. 이아고는 브라반시오를 찾아가 딸이 몰래 결혼하여 오셀로와 살고 있다고 알린다. 이에 화가 난 브라반시오는 크게 화를 내지만 자기 딸이 오셀로를 깊이 사랑하고 있다는 것을 알고 결혼을 승낙한다.

"아버지, 저한테는 두 가지 의무가 있습니다. 저를 낳아주신 은혜, 길러주신 은혜, 아버지는 제 의무의 주인이십니다. 그러니까 첫째로 아버지를 존경합니다.

이건 딸이 응당 할 일이죠. 하지만 지금은 남편이 여기 있습니다. 어머니께서 아버지를 소중하게 생각하신 것과 같이, 이 딸자식도 무어를 남편으로 섬기려 하옵니다."

한편, 오셀로는 터키 군의 함대로부터 섬을 수비하기 위해 키프로스 섬으로 가서 전쟁에서 승리하고 돌아온다. 이아고는 캐시오가 술을 마시면 난동을 부린다는 것을 알고 오셀로가 돌아오기 전에 캐시오에게 일부러 술을 마시게 하여 소동을 일으키게 한다. 이를 알게 된 오셀로는 너무 화가 나서 캐시오를 부관직에서 파면한다.

이아고는 캐시오에게 데스데모나에게 가서 복직을 부탁하라고 하고는 오셀로에게는 캐시오와 데스데모나가 밀애 중이라고 거짓 보고를 한다.

이아고는 또 데스데모나의 손수건을 캐시오의 숙소에 몰래 가져다 놓고 오셀로에게 캐시오가 데스데모나의 손수건을 가지고 있다고 거짓말을 한다. 화가 난 오셀로는 데스데모나에게 손수건을 보여달라고 하지만 도둑맞아서 보여줄 수가 없다고 한다.

그러던 어느 날 오셀로가 아내에게 선물해준 손수건으로 캐시오가 땀을 닦는 것을 보자 오셀로는 아내와 캐시오가 밀애 중이라는 말을 믿게 된다.

> "정말 내가 뭣에 홀렸나? 아내는 행실이 단정한 것 같기도 하고 부정한 것 같기도 하고, 네 말이 옳은 것도 같고, 거짓말인 것도 같다. 지금 당장 증거를 내놓아라. 달의 여신 다이안의 얼굴같이 깨끗하던 아내의 이름을 더럽혔어…. 난 참을 수 없어. 확실한 증거가 보고 싶다."

결국, 오셀로는 분노에 눈이 멀어 아내를 침대에서 목 졸라 살해한다. 이때 캐시오와 이아고의 아내 에밀리아가 이 광경을 목격한다. 오셀로는 이아고가 했던 이야기를 하고 캐시오와 에밀리아는 진실을 이야기해 오셀로의 오해를 풀어준다.

이를 지켜보던 이아고는 에밀리아를 찔러 죽이고 도망가지만, 곧 잡히고 만다. 모든 진실을 알게 된 오셀로는 고통스러워하며 자기 목을 찔러 자살한다. 그리고 자신의 출세를 위해 모든 일을 거짓으로 꾸민 이아고는 잔혹하게 처형 된다.

베니스의 무어인 오셀로는 인자하고 성품이 높은 장군이다. 또한 그에게는 명문가 출신의 아름다운 아내가 있어 누구보다 행복한 인생을 살고 있었다. 그러나 이들 부부 사이에 이아고라는 악인이 끼어든다. 그는 아주 단순한 사건으로 인해 복수심에 불타 엄청난 비극을 일으킨다.

이야기 속에서 아주 단순한 거짓말로 인해 인자한 오셀로의 성격이 질투심에 불타오르는 장면은 너무 극단적인 전개로 보인다. 사랑에 눈이 멀었다고 해도 이해할 수 없는 인간의 변화를 셰익스피어는 오셀로를 통해 보여주고 있다.

이 작품에서도 인간의 나약함에 대해 비극이라는 극단적인 선택을 할 수밖에 없는 인간의 모습을 보여준다.

오셀로는 셰익스피어의 4대 비극 중에서 가장 잔인한 인물을 등장시켜 이야기의 전개를 아주 빠르게 이어가고 있다. 그 속에서 인간의 양면성과 단순성, 그리고 권력과 다툼, 신뢰가 사라진 인간 세계를 적나라하게 드러낸다.

광기와 순수함 사이 고뇌하는 인간

— 도스토옙스키 『죄와 벌』

가난한 법학 전공 출신인 라스콜리니코프는 자신만의 사상에 심취하여 전당포 노파를 살해하려 계획하며 찌는 듯한 여름날에 거리를 방황하고 있다.

> '인간은 만물의 영장이다. 따라서 마음만 먹는다면 하지 못할 일이 없다. 그러나 사람 대부분은 두려움 때문에 일을 그르치고 만다. 바로 새로운 것에 대한 두려움 때문에….
>
> 내가 이렇게 중얼거리기만 하는 것도 바로 두려움 때문이다. 아, 난 왜 이렇게 어정거리기만 할까. 정말 내가 그 일을 할 수 있을까? 아무 의미도 없는 한순간의 장난

이라고 생각하면 될 터인데….'

살인할 계획 중에, 술집에서 하급 관리를 만나고 거기서 그의 딸 소냐가 가족을 부양하기 위해 창녀가 되었다는 슬픈 소식을 듣는다. 다음날엔 어머니로부터 편지를 받게 된다.

자기 동생 두냐가 돈 많은 남자와 결혼하게 될 것이라는 편지였다. 라스콜리니코프는 두냐가 가족을 위해 희생하게 된다고 생각하고 이 결혼을 절대 허락하지 않을 것이라고 다짐한다. 그리고 오랫동안 살해 대상으로 지목한 고리대금업자인 노파를 살해한다.

이 과정에서 예정에 없었던 노파의 동생까지도 살해하게 된다. 여러 위험성이 있었지만, 운이 따랐는지 아무에게도 들키지 않고 일을 성사하고 도망가는 데 성공한다.

다음날 경찰서에서 소환장을 받는다. 소환장은 몇 개월째 방세를 내지 않아 집주인이 고소한 것이었다. 조사를 마치고 나오던 중 경찰들 사이에서 오가는 노파 살인 사건의 이야기를 듣고 라스콜리니코프는 기절한다.

정신을 차리고 집으로 돌아온 라스콜리니코프는 전당포에서 훔쳐 온 물건들을 모두 숨긴다. 그리고 괴로움에 열병을 앓기 시작한다. 그는 친구인 라주미힌의 도움을 받아 어느 정도 나아지지만 언제 경찰이 자신을 잡아갈지 모른다는 초조감에 시달린다.

그러던 중 마르멜라도프가 술에 취해 마차에 치여 사망하게 되고 경찰과 함께 그를 집으로 데려다주면서 주정뱅이의 딸이자 매춘부인 소냐를 처음으로 보게 된다.

집에 돌아온 라스콜리니코프는 집에 어머니와 두냐 그리고 친구인 라주미힌이 함께 있는 것을 본다. 거기서 그는 두냐와 루쥔의 결혼을 완강하게 반대한다. 한편 라주미힌은 두냐에게 첫눈에 반해 버린다.

이후 루쥔과 두냐의 혼담은 깨지고 만다. 루쥔이 두냐를 순수하게 사랑하지 않는다는 것을 알게 되었기 때문이다. 파혼당한 루쥔은 소냐의 주머니에 몰래 돈을 넣고 도둑인 소냐를 관대하게 용서한다는 시나리오로 두냐의 마음을 다시 돌리려 하나 실패하고 만다.

라스콜리니코프는 경찰인 포르피리와 범죄에 대한 논쟁을 벌이다 포르피리에게 말려 살인자로 지목받을 지경이었다. 흥분한 라스콜리니코프는 얼마 후 소냐의 집으로 찾아가 소녀에게 범행을 고백한다.

"만약 나폴레옹이 내 입장이었다면 어떻게 했을까. 그러니까 출세를 위해 노파를 죽여야 했다면 어떻게 했을까 말이오. 아마 나폴레옹이었다면 노파를 죽이는 일 따위는 하지 않았을 거요. 왜냐, 그것은 이집트 원정이라든가 몽블랑 원정처럼 기념비 구실을 못 한다는 것을 알기 때문이오."

…

"나 자신을 죽인 거지 노파를 죽인 건 아냐, 영원히 나 자신을 죽인 거야! 죽인 거야, 영원히! 노파를 죽인 것은 악마였어, 내가 아니야 이제 그만해, 됐단 말이야! 내버려 둬줘."

…

"일어나세요. 지금 즉시 나가서, 네거리에 서서 먼저 당신이 더럽힌 대지에 절을 하고 입을 맞추세요. 그다음 온 세상을 향해 절을 하고 소리를 내어 모든 사람에게 말하세요. '내가 죽였습니다!' 그러면 하느님께서 또다시 당신에게 생명을 보내 주실 거예요."

소냐는 자수를 권고하고 고민하던 라스콜리니코프는 경찰서에 가서 자수를 한다. 경찰인 포르피리는 라스콜리니코프에게 유리한 정황을 만들어 주고 그동안 행했던 선행도 드러나면서 죄에 비해 너무나 가벼운 8년 형의 시베리아 유형을 선고받는다.

결국 소냐의 정성 어린 사랑과 양심의 발현으로 자신의 죄를 서서히 깨닫게 된다.

인간은 의식과 무의식으로 나누어진 자신의 세계에서 살아간다. 의식은 말 그대로 느끼고 깨닫는 모든 행위를 말한다.

무의식은 감정과 충동들이 억압된 본능적인 욕구들로 먹고 자고 사랑하는 것처럼 삶을 영위하는 데 필요한 생물학적 충동인 이드와 현실 원리에 따라 움직이는 자아, 그리고 이상에 기반을 두고 도덕이나 양심에 근거해 윤리적 판단을 하는 초자아로 나뉜다.

라스콜리니코프에게는 충동을 제어하는 힘인 초자아가 부족했다. 본능적으로 행동하는 이드의 활동이 주를 이루어 본인의 사상이 옳다는 신념으로 살인을 가볍게 여기고 행동으로 옮긴다.

의식적으로 행한 살인 이후 그는 내면의 자아로부터 잘못되었다는 것을 느끼고 괴로워한다. 그러면서도 자아와 초자아가 충돌하는 경험을 여러 번 하고 있다. 선한 일을 하면 잘못이 용서된다고 생각하고 있다가도 악한 일을 한 사람을 죽여도 된다는 자기모순에 빠진다.

선한 소냐가 등장하며 성경과 믿음으로 라스콜리니코프의 잘못된 생각과 행동이 점차 자기 잘못으로 인정되어진다. 그러나 그것은 타인에 의한 인식일 뿐이다.

라스콜리니코프는 아직도 죄의 무거움과 가벼움 사이에서 방황하고 있다. 작가 도스토옙스키는 무엇을 말하려고 하였나? 작가는 주인공을 통해 극단적 이기주의를 보여주고 있다.

개인적인 이익이 사회적인 이익보다 우선시 되어도 된다는 극단적 이기주의를 통해 모든 것이 허용된다는 의식이 내포되어 있다. 또한 두냐와 소냐를 통해 극단적 허무주의를 보여주고 있다.

그들은 가족이 먹고 살기 위해서는 자신을 얼마든지 희생할 수 있다는 것을 보여준다. 우리가 아는 도덕적 가치는 어디까지 적용이 되어야 할까? 그것은 시대 별로 다르지 않을 것이다.

마지막으로 생명의 존중에 대해 그 가치를 평가하면서 우유부단함을 도스토옙스키는 소설을 통해 이야기하고 있다. 생명의 소중함은 경중이 없이 중함만이 있을 것이다.

소설은 라스콜리니코프의 살인에 대해서 그는 누군가를 살해하기에 이상하지 않을 사상을 가지고 있었다고 한다. 작가 스스로 살인자를 옹호하고 있는 것이다.

한 사람의 간절함과 숭고한 죽음

— 오 헨리 『마지막 잎새』

워싱턴 광장 서쪽 복잡한 갈림길이 많은 지역에는 미술가들이 싼 방값에 몰려들어 화가촌이 생기게 되었다. 수와 존시도 화가촌 3층 벽돌집 맨 위층에 살았다. 겨울이 되면서 불청객이 화가촌에 찾아왔다. 그것은 폐렴이라고 부르는 병이었다.

동부지역에서 많은 희생이 있었지만, 화가촌에서는 한풀 꺾여 있었다. 그러나 폐렴은 존시에게도 찾아왔다. 의사는 친구인 수에게 존시가 살기 힘들 것이라고 알려주었다.

"살겠다는 의지만 갖는다면 약간의 희망이 있지만, 지금처럼 장의사를 기다리는 마음으로는 아무리 좋은 처방도 효력이 없지. 병이 낫지 않을 거라고 아예 체념하고 있는 것 같은데…."

존시는 방에 누워 창문 밖에서 떨어지는 담쟁이덩굴에 달린 잎새를 세고 있었다. 존시는 담쟁이덩굴에 달린 잎새가 다 떨어지면 자기도 죽을 거라고 믿고 있었다.

"담쟁이덩굴에 달린 잎새 말이야, 저 마지막 잎새가 떨어지면 나도 죽을 거야. 벌써 사흘 전부터 그것을 알고 있었는데 의사 선생님이 아무 말도 안 하셨니?"

한편 버만이라는 늙은 무명 화가가 수와 존시가 사는 건물 1층에 살고 있었다. 그는 항상 걸작을 그리겠다고 하지만 아직 시작도 못 하고 고작 가끔 상업용으로나 쓰일 싸구려 그림을 그렸다.

어느 날 수는 버만에게 존시가 상상하고 있는 일을 얘기했다. 그러자 버만은 그런 바보 같은 생각을 한다며 경멸과 조소를 보냈다.

그날 밤 눈발이 섞인 찬비가 내렸다. 다음 날 아침 존시는 창밖을 보고 놀랐다. 밤새도록 비바람이 휘몰아친 후인데도 잎새 하나가 벽돌담에 그대로 매달려 있었다.

다음날도 북풍이 다시 세차게 불었다. 날이 밝고 창밖을 바라본 존시는 덩굴 잎새가 아직도 남아 있는 것을 보았다.

"수, 내가 나빴어, 내가 얼마나 나쁜 사람이었나를 보여주려고 어떤 강력한 힘이 마지막 잎새가 떨어지지 않도록 했나 봐, 죽고 싶어 한다는 것은 일종의 죄악이야."

존시는 결국 병을 이기고 살아난다. 그날 버만 할아버지는 폐렴으로 세상을 떠난다.

『마지막 잎새』는 오 헨리 단편선 중에 대표작으로 꼽히는 짧은 단편으로 이루어진 작품이다. 평생 무명 화가로 지내던 버만 할아버지는 비바람이 몹시 불던 날 마지막으로 걸작을 그리고는 그 여파인 폐렴으로 사망한다. 그 마지막 잎새는 한 사람의 생명을 살리고 인간에게 희망이라는 단어를 새삼 일깨워 준다.

그리스 로마신화에서 판도라는 호기심을 참지 못하고 상자를 열어 온갖 재앙들 욕심, 시기, 전쟁, 증오, 질병, 질투, 슬픔 등이 빠져나와 세상에 퍼졌다. 세상은 금방 힘든 세계로 빠져들었다. 이에 놀란 판도라는 황급히 상자의 뚜껑을 닫았고 상자 속에는 희망만이 남게 된다.

그런 연유로 상자에서 빠져나온 것들이 사람들을 괴롭히고 세상을 불행하게 하였다. 그러나 상자에 남아 있는 희망만은 사람들 마음에 고이 간직하게 되었다고 한다.

희망이 없으면 삶의 가치도 없을 것이다. 모든 사람은 조그만 것에서부터 큰 것까지의 희망을 안고 살아간다. 그런 희망으로 인해 인간은 하루하루를 살아갈 힘을 갖게 되는 것이다. 『마지막 잎새』의 존시 또한 희망의 끈을 놓았다가 떨어지지 않는 담쟁이 덩굴 잎새 하나로 다시 살아갈 희망을 품게 된다.

희망을 얻은 존시는 폐렴을 이겨 내고 자신의 어리석은 생각을 후회한다. 그러나 그 뒤에는 한 무명 화가의 희생이 뒤따르고 있다. 인간의 삶에 있어서 희망을 얻는 것은 본인 자신보다는 다른 사람의 작은 힘으로 얻어지는 것이라고 오 헨리는 우리에게 이야기한다.

달을 향한 여정에 버려진 6펜스

— 서머싯 모음 『달과 6펜스』

찰스 스트릭랜드는 평범한 가장이자 런던에서 잘 나가는 주식 중개인으로 일하고 있다. 스트릭랜드 부인은 사교생활을 잘해야 한다고 생각하고 있다. 변호사 등 꽤 잘 나가는 사람들을 집으로 초대하여 파티를 즐긴다.

소설 속의 '나' 또한 스트릭랜드 부인과의 만남을 통해 그 집에 자주 드나들게 되었다. 어느 날 찰스 스트릭랜드는 17년 동안 함께 생활한 부인과 아이들을 버리고 편지 한 장 남기고 파리로 떠난다.

"나는 당신과 헤어져 살기로 결심했기 때문에 파리로 떠날 예정이오. 이 편지는 파리에 도착하는 즉시 당신에게 부치겠소, 이 결심은 절대로 변하지 않을 것이오."

스트릭랜드 부인은 남편이 바람 나서 도망간 것이라고 확신하고 열에 들떠 남편에게 심한 말을 퍼부어 댔다. 그러면서 소설 속 주인공에게 자기를 대신해서 파리에 가 남편을 만나 달라고 부탁한다.

파리에 도착하여 만난 스트릭랜드는 허름한 호텔에 누구의 돌봄도 없이 볼품없이 지내고 있었다. 여러 가지 이야기로 부인에게 돌아가기를 설득했으나 그는 조금도 움직이질 않았다.

"난 당신에게 내가 그림을 그릴 수밖에 없다고 말했을 뿐이오. 그것은 나로서도 어쩔 수 없는 일이오. 사람이 물에 빠지면 헤엄을 잘 치느냐 못 치느냐는 문제가 아니에요. 물 밖으로 빠져나와야만 하며 그렇지 않으며 물 속에 빠져 죽게 되는 것이오."

스트릭랜드는 파리에서 낡고 저렴한 호텔을 전전하며 병과 굶주림 속에서 가난하게 살아간다. 그러던 어느 날 상업적으로 성공한 네덜란드 화가 더크 스트로브(소설 속 '나'와 오랜 친구)를 만나게 된다. 스트로브는 스트릭랜드의 천재성을 알아보고 여러 가지고 도움을 준다.

그러던 중 스트릭랜드가 중병에 걸리고 스트로브는 아내의 반대에도 불구하고 집으로 데려와 간호한다. 스트로브 부인 블란치는 어쩔 수 없이 스트릭랜드를 간호하다 그에게 빠져 버린다.

나는 블란치 스트로브와 스트릭랜드가 사랑에 빠졌다고는 믿을 수 없었다. 도대체 그가 사랑할 수 있으리라는 그 자체가 믿어지지 않았다. 사랑이란 다정다감한 마음이 필수적인 요소로 진행되는 감정인데 스트릭랜드는 자신이나 타인에게 그러한 감정을 전혀 품고 있지 않았다.

사랑에는 나약한 감정, 상대방을 보호해주고 싶은 욕망, 또한 선을 베풀고 즐겁게 해주려는 열망 등이 내포되어 있다. 사랑은 비록 사심이 없는 것은 못 될지라도 놀라울 만큼 이기심을 숨겨둬야 하는 감정이다.

사랑에는 분명히 어떤 겸양의 마음이 숨겨져 있다. 이러한 모든 것들을 스트릭랜드는 가지고 있지 않았다.

스트로브를 떠나 스트릭랜드에게 온 블란치는 스트릭랜드에게 온갖 정성을 다해서 구애하나 사랑을 받아주지 않자 자살한다. 스트로브는 나중에 집으로 돌아와 자신의 아내 블란치의 누드화를 보고 처음에는 질투심으로 화가 나지만 차츰 그림에 매혹되어 버린다.

이후 스트릭랜드는 타히티 섬에 정착하게 된다. 그곳에서 그는 원주민 아타를 만나 둘과의 사이에서 아이를 낳는다.

> 스트릭랜드를 사로잡았던 열정은 아름다움을 창조하려는 열정이었습니다. 그 열정이 전혀 마음의 평화를 주지 않은 채 그를 이리저리 몰고 다녔던 겁니다. 그는 마치 어떤 신성한 향수에 사로잡힌 영원한 순례자였고 그의 몸속에 도사린 악마는 무정했던 겁니다.

그렇게 평화롭게 생활하던 그는 풍토병인 나병에 걸리고 눈이 멀고 죽어가는 동안에도 본인의 오두막 벽과 천장에 최후의 걸작을 그린다. 그는 죽으면서 아내에게 그림을 불태워 달라고 얘기하고 죽게 된다.

결국 마지막 걸작은 아내와 그를 치료하러 왔던 의사만이 본 후 불 타 없어지게 된다.

『달과 6펜스』는 서머싯 몸의 대표작으로 프랑스 화가 폴 고갱

을 모델로 하고 있다. 제목에서의 '달'은 예술에 대한 전반적인 것을 상징하고 있으며, '6펜스'는 세속적인 생활을 갈망하는 인간의 유한한 욕망을 담고 있다.

좀 더 쉽게 표현하자면 '달'은 내가 하고 싶은 일들에 대해 세속의 욕망을 물리치는 힘을 가지고 나아가야 하는 어려운 인생 항로라고 하겠다.

이에 반해 '6펜스'는 세속적인 생활을 하면서 그럴듯하게 내세우는 사랑이라는 단어와 온갖 어려움과 두려움, 불편한 감정들과 싫어하는 감정들을 숨기고 행복을 가장한 사회를 살아가는 방법이다.

> 사랑이란 마음을 한 곳에 몰두하는 것이다. 사랑에 빠진 사람은 자아의식을 상실하고 만다. 아무리 총명한 인간이라도 자기가 현재 빠져 있는 사랑이 결국은 끝나고 말 것이라는 사실을 관념적으로는 몰라도 현실적으로는 결코 느낄 수 없는 것이다. 사랑이란 그 자체가 환상인 것을 알고 있으면서도 실체가 있는 것처럼 보이게 한다.

스트릭랜드는 인간이 그토록 갈망하는 사랑에 대해서 알고 있었을까? 오직 자신만이 하고 싶은 것에 대한 사랑으로 다른 방향으로의 삶은 버려버린 것은 아닐까?

스트릭랜드가 떠나고 나서의 가족에 관한 이야기는 스트릭랜드 부인이 다시 일을 해야 하는 것으로만 표현되어 있다. 버려진 가족의 삶은 한 인간의 욕망 때문에 잊혔다.

본인이 하고 싶었던 예술을 위해서 고집스럽던 스트릭랜드는 다른 모든 인간의 삶을 무시한다. 그것이 연민이었든 사랑이었든 모든 것은 그에게는 귀찮은 하나의 삶의 과정일 뿐이다. 소설을 바라보는 이러한 관점은 예술가로 사는 삶을 이해하지 못하고 바라보는 시각일 수 있다.

그러나 인간의 삶은 그리 단순하지 않다. 문화를 창조하고 인간의 생명을 유지하기 위해 만들어 놓은 사회 속에서는 불편해도 지켜내야 할 의무가 따르고 있다. 권리만을 내세우는 삶은 문화적인 삶이 될 수 없다. 그것이 예술이라도 그렇다.

슬픔에 익숙해지는 젊음의 환희와 상실,

— 무라카미 하루키 『상실의 시대』

소설은 주인공 와타나베가 과거를 회상하는 것으로 구성되어 있다.

와타나베는 18살에 대학에 갓 입학해서 기숙사 생활을 하게 된다. 와타나베는 고등학교 시절 나오코를 만나게 된다. 나오코를 처음 만난 건 고등학교 2학년 봄이었다.

와타나베에게는 기즈키라는 친구가 있었는데 나오코는 그의 애인이었다. 그들은 셋이 함께 놀기도 하고 가끔은 여자 한 명을 데려와 더블데이트도 하곤 하였다.

그러던 어느 날 기즈키가 자기 집 차고 안에서 자살하였다. 1년이 지나고 대학에 진학한 와타나베는 잊으려 해도 잊히지 않는 흐린 공기덩어리가 남아 있었다,

죽음은 삶의 반대편에 있는 것이 아니라, 그 일부로서 존재하고 있다.

와타나베는 도쿄 생활을 하던 중 우연히 나오코를 만나게 되었고 두 사람은 거의 매주 만나 산책을 하게 되었다. 그렇게 그들은 점점 친해져 갔다.

나오코가 스무살(와타나베보다 7개월이 빨랐다)이 되는 날 와타나베는 케이크를 사서 그녀의 아파트로 갔다. 여러 가지 이야기를 했다. 시간이 늦어 와타나베는 일어나려 했으나 이야기는 끊어지질 않았다.

나오코가 이야기하다 울기 시작했고 와타나베는 무의식적으로 그녀를 끌어 않았다. 그들은 그날 밤, 같이 잤다. 나오코는 남자와의 관계가 처음이라고 하였다.

그녀는 나의 팔 안에서 부들부들 떨면서 소리 죽여 울었다. 눈물과 뜨거운 입김 탓에 내 셔츠는 축축해졌고, 이윽고 흠뻑 젖었다. 나오코의 열 손가락이 마치 무엇인가를 -일찍이 그 자리에 있던 소중한 무엇인가를-찾아내려는 듯 나의 등 위를 방황하고 있었다.

이후 나오코는 도쿄를 떠나고 없었다. 와타나베는 나오코가 자랐던 고베로 편지를 했으나 답장이 없었다. 두 번째 편지를 보낸 후 한참이 지나 답장이 왔다. 나오코는 한적한 시골 요양원으로 가 있었다.

와타나베는 이후 학교에서 연극사 강의를 듣던 중 같은 수업을 듣던 미도리가 다가와 둘은 점점 친해졌다. 미도리는 활달한 성격으로 와타나베에게 적극적으로 접근하여 집에까지 초대하였다.

> 침대에 들어가자 그녀는 전혀 다른 사람이 되었다. 나의 손놀림에 맞추어 그녀는 민감하게 반응했고, 몸을 비틀며 소리를 질렀다. 내가 그녀 속으로 들어가자, 그녀는 내 등에 힘껏 손톱을 세우고, 오르가슴에 가까워지자 열여섯 번이나 다른 남자의 이름을 불렀다.

그러던 어느 날 나오코로부터 편지가 왔다. 와타나베는 학교에다 등산을 다녀오겠다고 하고 나오코가 있는 요양원으로 간다. 요양원에서 레이코(30대 후반)의 안내로 식사하면서 레이코가 나오코의 룸메이트란 것을 알게 된다.

나오코는 와타나베를 만나자 와타나베에게 살짝 기대면서 코끝을 목에 기대고 체온을 확인하였다. 이후 그들은 한방에서 셋이 함께 지내면서 와타나베는 레이코와 많은 대화를 나누면서 레이코에 대한 여러 가지 일들을 알게 된다. 그렇게 3일 동안을 지내고 와타나베는 도쿄로 돌아온다.

도쿄로 돌아온 와타나베는 미도리와 더욱 가까워진다. 와타나베는 미도리에게 너를 더 알고 싶다고 말하면서도 혼란스러운 느낌을 받는다. 그러면서도 둘 사이는 점점 깊어져 간다. 미도리의 아버지가 입원한 병원에 함께 다니기도 한다.

그러다 미도리의 아버지가 사망한다. 미도리는 와타나베에게 장례식장에 오지 말라고 하면서 포르노 영화 이야기를 한다. 와타나베는 일요일 아침마다 나오코에게 편지를 쓴다. 그러면서도 미도리에게 점점 빠져든다.

"네가 너무 좋아, 미도리."

"얼마만큼 좋아?"

"봄날의 곰만큼."

"봄날의 곰?" 하고 미도리가 또 얼굴을 들었다.

"그게 무슨 말이야. 봄날의 곰이라니?"

"봄날의 들판을 네가 혼자 거닐고 있으면 말이지, 저쪽에서 벨벳처럼 털이 부드럽고 눈이 또랑또랑한 귀여운 아기 곰이 다가오는 거야. 그리고 네게 이러는 거야. '안녕하세요. 아가씨, 나와 함께 뒹굴기놀이 안 할래요?' 하고, 그래서 너와 아기 곰은 서로 부둥켜안고 클로버가 무성한 언덕을 데굴데굴 구르면서 온종일 노는 거야. 어때, 멋지지?"

와타나베가 십 대의 마침표를 찍으면서 기숙사에서 운동권 학생들로 인해 분쟁이 벌어진다. 그 일 때문은 아니지만 와타나베는 기숙사를 나와 하숙집 생활을 하게 된다.

이사하고 나서 나오코에게 편지를 쓰고 미도리에게 전화를 걸었다. 미도리 대신 언니가 전화를 받고는 미도리가 연락도 없이 떠난 것에 무척 화가 나 있다고 말한다.

와타나베와 미도리는 다시 만났으나 잠깐뿐이었다. 와타나베는 아르바이트를 다시 시작했고 나오코에게 일주일에 한 번씩 편지를 썼다. 레이코 씨와 미도리에게도 몇 번의 편지를 썼다. 와타나베가 미도리와 나오코에 대한 감정이 혼란스러울 때 미도리와 함께 나오코에 대해 이야기하면서 좀 더 혼란스러워 한다.

"나는 나오코를 사랑해 왔고 지금도 역시 변함없이 사랑하고 있습니다. 하지만 미도리와 나 사이에 존재하는 건 무엇인가 결정적인 것입니다. 그리고 나는 그 힘에 저항하지 못하고, 그대로 자꾸자꾸 저 끝까지 떠밀려가 버릴 것만 같은 기분입니다."

얼마 후 나오코가 자살했다는 소식을 듣는다. 와타나베는 장례식이 끝나고 아르바이트도 가지 않은 채 3일 동안 영화를 보며 지낸다.

그리고 미도리에게 짤막한 편지를 남기고 은행 예금을 모조리 찾은 뒤 배낭을 메고 신주쿠역에서 맨 처음 눈에 띈 급행열차를 탄다. 어디를 어떤 식으로 돌아다녔는지 기억나지 않은 채 도쿄로 돌아왔다.

도쿄로 돌아온 지 며칠이 지나고 레이코가 요양원을 나왔다고 하면서 와타나베를 찾아온다. 둘은 나오코에 대한 이야기를 비롯해 여러 가지 이야기를 나눈 후 산책을 하고 와타나베의 방에서 함께 밤을 지낸다.

> 결국 우리는 그날 밤 네 번이나 관계를 가졌다. 네 번째 섹스가 끝난 뒤 그녀는 내 품 안에서 눈을 감고 깊은 한숨을 몇 번이나 내쉬었으며, 몇번인가 몸을 가늘게 떨었다.

레이코는 떠나고 와타나베는 미도리에게 전화를 걸어 너와 이야기하고 싶다고, 할 이야기가 너는 많다고, 이야기해야 할 것이 가득하다고, 이 세상에서 너 말고 내가 원하는 건 아무것도 없다고 말한다.

슬픔은 어떻게 치유되는가? 아무리 큰 슬픔이라도 또 다른 시간의 사건 속에서 잊혀 간다. 그러나 그 슬픔은 무성영화의 필름처럼 툭툭 끊어지며 다시 살아나곤 한다.

와타나베는 친구의 죽음과 사랑하는 사람의 죽음에 대한 슬픔을 다른 행위를 통해 잊으려 하고 있다. 그렇게 몸부림치며 잊으려 한 슬픔은 정작 더 큰 슬픔이 되어 가슴에 박혀 영원히 잊히지 않을 것 같다.

작가는 인간관계를 이어가는 것 중에서도 사랑에 대한 슬픔을 이야기한다. 사랑하는데 왜 슬픔이 동시에 나타날까? 그것은 애절함일 것이다. 또한 상대적일 것이다. 감정에 충실하지 못한 사랑에 대한 미안함과 슬픔이다.

사랑의 행위에는 수많은 방법이 있을 것이다. 그것은 표정으로, 언어로, 몸으로 표현되고 전달된다. 한 사람만을 사랑하는 것이 현실에서 가능할까? 표면적으로는 가능할 수 있다.

사회 통념상으로나 바른생활 정신으로는 한 사람만을 사랑해야 하는 것이 사회의 도리라고 우리는 배운다. 그러나 배움은 배움으로서의 가치로 인정하고 인간의 특성상 평생 한 사람만을 사랑한다는 것은 그렇게 쉽게 이야기할 대상이 아니다.

소설 속 와타나베도 한 사람만을 사랑할 수 없는 것에 고뇌하고 방황한다. 마음속의 여인과 현실 속의 사랑하는 여인이 다른 것에 혼란스러워한다. 어쩌면 그런 일련의 상황들이 자연스러운 것인지도 모른다.

작가는 그러한 자연스러운 그것에 대해 이야기하고 있다. 그것이 정신적 사랑이든 육체적 사랑이든 인간으로서 자연스럽다는 것을 인정해야 한다. 작가는 특히 육체적 사랑에 대해 과감하고 세심하게 표현하고 있다. 정사 장면을 읽으며 슬픔을 느낀 것은 나뿐이었을까? 그렇게 작가의 슬픔과 와타나베의 슬픔이 나에게 다가왔다.

작가는 또 슬픔과 고통을 이겨 낼 수 있는 인간의 힘을 이야기한다. 와타나베는 자아가 상실된 혼란을 맞이한다. 그는 그것을 극복하기 위해 인간으로서 할 수 있는 최소한의 방황과 또 다른 일탈을 감행한다.

나는 지금 어디에 있는 것인가?

현실적 성공과 이상적 사랑을 꿈꿨던 남자

— 스콧 피츠제럴드 『위대한 개츠비』

미국 중서부 도시에서 삼대에 걸쳐 부유한 명문가인 캐러웨이 가문의 닉은 제1차 세계대전 이후 중서부 지역에 회의를 느껴 동부로 건너온다. 동부지역 좁은 만의 건너편에 있는 화려한 이스트 에그에는 궁전 같은 하얀 저택들이 해변을 따라 번쩍이고 있었다.

이 소설은 닉이 동부로 간 1922년 여름에 일어난 이야기이다. 그곳에는 먼 친척 여동생뻘인 데이지와 데이지의 남편 톰이 살고 있었다. 닉은 개츠비라는 갑부의 옆집에 살면서 조그만 증권회사에서 일하였다.

어느 날 저녁 닉은 톰과 함께 뉴욕으로 가는 길에 톰이 자기 애인이라며 '머틀'이라는 여자를 소개해 준다. 여자는 30대 중반으로 약간 통통하고 육감적인 매력을 가지고 있었다.

그들은 셋이 함께 기차를 타고 뉴욕으로 간다. 그렇게 해서 닉은 원치 않게 톰의 애인을 알게 되었다.

여름밤 내내 개츠비의 저택에서는 흥겨운 음악 소리가 흘러나왔다. 어느 토요일 아침 닉은 개츠비의 운전기사로부터 초대장을 받고 파티에 참석하게 된다.

파티 중에 여러 사람을 만났으나 정작 개츠비는 만나지 못하였다. 그런데 전쟁 이야기를 하던 남자가 자기를 개츠비로 소개하여 닉은 깜짝 놀란다. 개츠비는 호의적인 미소를 가진 남자였다.

> 그런 미소였다. 내가 이해받고 싶은 바로 그만큼 나를 이해하고 있고 내가 전달하고 싶어 하는 호의적인 인상의 최대치를 전달받았노라고 확인시켜 주는 미소였다.

7월 말 어느 날 아침 개츠비가 닉의 집으로 찾아와 드라이브하자고 제안한다. 차를 타고 가면서 개츠비는 자신에 대해 닉에게 알려준다. 중서부 샌프란시스코에서 살았으며 공부는 옥스퍼드에서 했고 가족이 모두 죽어서 한 재산이 굴러들어왔다고 했다. 그러고는 좀 더 알아야 할 이야기는 닉이 알고 있는 조던베이커가 들려줄 것이라고 했다.

조던은 1917년 10월 어느 날의 이야기를 들려주었다. 데이지는 루이빌의 여자 중에 제일 인기가 많았다고 했다. 그런 데이지가 어느 장교를 좋아했는데 그가 개츠비였다는 것은 나중에 알았다는 것이다. 그런데 그 다음 해에 톰 뷰캐넌과 결혼을 했다는 것이다. 데이지는 결혼 전날 술에 취해 편지를 손에 꼭 쥐고 울고 또 울었다고 했다.

> "전쟁이 끝나고 2월에 뉴올리언스 출신의 남자하고 약혼했다고 들었는데 6월에 시카고의 톰과 결혼했죠."

그러면서 개츠비의 계획에 대해 알려주었다. 개츠비는 데이지를 만나기 위해 데이지의 집이 보이는 저택을 사들이고 파티를 열고 있다고 알려준다.

닉은 결국 데이지에게 자기 집으로 차를 마시러 오게 해서 개츠비와 만나게 해준다. 이후 세 명이 함께 같이 개츠비의 집으로 옮겨 집을 구경하고 개츠비와 데이지는 5년 만에 만난 감정을 억누르고 있었다.

> 그의 손이 그녀의 손을 잡았다. 그녀가 낮은 목소리로 그의 귀에 속삭이면 감정이 복받치는 듯 데이지 쪽으로 몸을 돌렸다. 무엇보다 뜨거운 열정으로 꿈틀대는 데이지 특유의 목소리는 그를 완전히 사로잡았다,

개츠비와 데이지는 예전처럼 다시 사랑에 빠지게 된다. 개츠비는 모든 것은 예전으로 돌리고 싶었다. 데이지가 톰으로부터 자유의 몸이 되어 자기와 결혼하는 것을 꿈꾸고 있었다.

개츠비는 데이지의 남편 톰에게 데이지는 자기를 사랑하고 당신을 더 이상 사랑하지 않는다고 도발한다. 큰소리가 오가고 톰은 개츠비가 불법으로 돈을 벌고 학력도 가짜라고 폭로한다.

데이지는 불안한 마음을 안고 개츠비의 차를 운전하고 집으로 돌아오는 도중에 길에서 뛰어나오는 머틀을 쳐 그 자리에서 죽게 하고는 그대로 운전해서 집으로 간다.

이후 머틀이 사고로 죽은 것을 본 닉은 개츠비를 찾아가서 개츠비의 차를 데이지가 운전했다는 것을 알게 된다. 개츠비는 본인이 운전했다고 얘기할 것이라고 말한다. 닉은 어디로 떠나라고 말한다. 데이지는 개츠비를 멀리하고 돈과 명예 그리고 자신을 지켜줄 톰에게로 돌아간다.

윌슨은 개츠비의 집으로 찾아가 수영장에 있는 개츠비를 죽이고 자신도 자살한다. 윌슨이 개츠비를 죽이게 된 것은 사고가 난 이후 윌슨이 자신의 짐작으로 톰의 집으로 찾아갔을 때, 톰이 진실을 숨기고 차 주인이 개츠비라고 알려주었기 때문이다.

이후 윌슨은 '슬픔 때문에 돌아버린 사람'으로 결론 난 채 그 사건은 가장 단순한 형식으로 정리된다. 장례식은 개츠비의 아버지, 목사, 네댓 명의 하인 등으로 조촐하게 치러진다.

소설을 다 읽고서도 나는 개츠비가 왜 위대한지를 찾지 못했다. 그는 5년 동안 부를 축적하기 위해 온갖 불법과 고생을 마다하다 않았다. 그렇게 이룬 부를 가지고 그는 왜 첫사랑 데이지를 찾으려 한 것일까?

더군다나 데이지는 이미 남편과 아이가 있는 유부녀가 된 지 한참이 지나 있던 터였다. 그렇다고 데이지가 천사의 이미지 이거나 이 세상 모든 남성이 부러워할 여인도 아니었다.

개츠비는 첫사랑을 찾기 위해 그녀의 남편 앞에서도 데이지를 사랑한다는 것을 표현한다. 아무튼 나는 개츠비의 위대함보다 더 위대한 소설이라는 점을 말하고 싶다.

반면, 개츠비가 위대하다고 보는 사람도 있을 것이다. 그들이 보는 개츠비의 위대함은 이상을 좇는 낭만일 것이다. 개츠비는 첫사랑 데이지에 대해 현실보다는 이상으로 바라본다. 즉, 현실의 데이지를 보는 것이 아니라 자신의 이상으로서 데이지를 보는 것이다.

부를 축적한 이후에 그것을 지키기보다는 자신이 사랑하는 여인을 찾기 위해 낭만적인 파티를 연다. 파티는 누구든 즐길 수 있다. 데이지를 위한 파티였지만 모두를 위한 낭만이기도 하였다.

또한 개츠비는 위험한 상황에서 끝까지 데이지를 지킨다. 현실을 부정하고 이상을 꿈꾸었던 개츠비는 자기 죽음으로 이상을 실현한다. 이러한 이상과 낭만이 어떤 사람들에게는 개츠비가 위대하게 보였을 것이다.

소설의 배경이 되는 시기는 1차 세계 대전이 끝난 후로 당시 미국 경제는 호황을 누리고 있었다. 특히 수정된 헌법에 의해 규정된 금주령으로 술을 필요로 하는 수많은 사람은 밀주가 필요했다. 이러한 사정은 밀주업자들이 백만장자를 꿈꾸는 범죄를 부추겼다. 어느 시대를 막론하고 사람 대부분은 부에 대한 꿈을 꾼다. 반면 부에 대한 혐오감을 가진 사람들도 있다.

미국 경제의 호황은 황금만능주의를 낳았으며 일부 사람들은 부를 축적하기 위한 도덕성 결여에 대해 불만을 품었다. 소설은 이러한 시대 배경을 미국 동부의 궁전 같은 하얀 저택들과 개츠비와 같은 부유한 사람들로 표현하였다.

개츠비는 자신이 사랑하는 여인을 만나기 위해 매일 파티를 연다. 파티에는 초대받지 않은 누구도 상관없이 파티에 참석할 수 있었다. 그런데도 파티에 참석하는 대부분은 부유한 사람들로 고급 차를 타고 와서 밤 새워 파티를 즐긴다.

어떻게 보면 개츠비의 이러한 행동이 낭만적이라고 할 수도 있다. 그러나 소설이 쓰인 시대로 보아 작가는 부에 대한 혐오감을 이렇게 나타낸 것이라고 할 수 있다.

안개에 묻힌 도시 무진

— 김승옥 『무진기행』

윤희중은 버스를 타고 고향 무진으로 가는 중이다. 나이가 들고서 무진에 간 것은 몇 차례 되지 않았다. 윤희중이 무진으로 갈 때는 무언가 새 출발이 필요할 때였다. 이번 무진행 또한 장인과 아내의 권유에 따른 것이다.

"이번에 자네가 전무가 되는 건 틀림없는 거구, 그러니 자네 한 일주일 동안 시골에 내려가서 긴장을 풀고 푹 쉬었다가 오게. 전무님이 되면 책임이 더 무거워질 테니 말야." 아내와 장인 영감은 자신들은 알지 못하는 사이에 퍽 영리한 권유를 내게 한 셈이었다.

무진은 조그만 항구도시로 윤희중은 무진에 올 때마다 긴장을 풀어 버릴 수 있는 어머니에 대한 그리움과 어릴 적 추억들이 있었다. 그리고 무진에는 사람들에게 해와 바람을 간절히 부르게 하는 안개가 있었다.

> 안개는 마치 이승에 한이 있어서 매일 밤 찾아오는 여귀가 뿜어 내놓는 입김과 같았다. 해가 떠오르고, 바람이 바다 쪽에서 방향을 바꾸어 불어오기 전에는 사람들의 힘으로써는 그것을 헤쳐 버릴 수가 없었다. 손으로 잡을 수 없으면서도 그것은 뚜렷이 존재했고 사람들을 둘러쌌고 먼 곳에 있는 것으로부터 사람들을 떼어 놓았다.

무진에 도착한 윤희중은 후배 박과 함께 저녁 식사 후 술 한 잔씩을 마시고 세무서장이 된 중학교 동창인 조의 집으로 향한다. 조의 집에서 세무서 직원들과 음악선생인 하인숙과 함께 술자리를 하게 된다.

술자리 도중 후배 박 선생이 먼저 자리를 뜨고 나갔다. 윤희중은 박 선생을 바래다주러 나가면서 박 선생에게 세무서장인 조가 하인숙 선생을 결혼상대자로 생각하고 있다는 말을 듣는다. 박 선생 또한 하 선생을 좋아하고 있었다.

술자리가 파하고 모두 집으로 돌아갔고 윤희중과 하인숙 선생만이 남았다. 하 선생은 무서우니 조금만 바래다 달라고 말한다. 그러면서 자신을 인숙으로 불러 달라고 한다.

그러면서 오빠라고 부를 테니 서울로 데려가 달라고 제안한다. 윤희중은 생각해보자고 한다. 둘은 또 다음 날 만나기로 약속하고 헤어진다.

다음날 이슬비가 내리는 아침에 어머니 산소를 다녀오다가 자살한 읍내 술집 여자의 시체를 보게 된다. 경찰에게 물어보니 이런 일이 자주 발생하는 듯 흥미 없는 투로 대답했다. 윤희중은 이상하게 정욕이 끓어오름을 느꼈다.

윤희중은 세무서장인 조를 만나러 간다. 조에게 하 선생과 결혼할 거냐고 물어본다. 조는 자신의 출세에 도움도 되지 않는 하 선생과 왜 결혼하느냐고 반문한다. 그러면서 하 선생이 출세하려고 어찌나 쫓아다니는지 귀찮아 죽겠다고 한다.

"그래도 그게 아닙니다. 내 편에 나를 끌어 줄 사람이 없으면 처가 편에서라도 누가 있어야…."

그가 대답했다. 그의 말투로는 우리는 공범자였다.

"야, 세상 우습더라. 내가 고시에 패스하자마자 중매가 막 들어오는데. 그런데 그게 모두 형편없는 것들이거든. 도대체 여자들이 성기 하나를 밑천으로 해서 시집가

보겠다는 고 배짱들이 괘씸하단 말야."

조와 헤어진 윤희중은 하 선생과 약속한 곳으로 간다. 둘은 여러 가지 이야기를 하며 방죽을 걷는다. 윤희중은 어린아이처럼 따라오는 하 선생의 손을 잡는다. 여자의 손이 윤희중의 손안에서 꼼지락거렸다. 예전에 살던 집에 도착한 그들은 관계를 갖는다.

나는 그 방에서 여자의 조바심을, 마치 칼을 들고 달려드는 사람으로부터, 누군지가 자기의 손에서 칼을 빼앗아 주지 않으면 상대편을 찌르고 말 듯한 절망을 느끼는 사람으로부터 칼을 빼앗듯이 그 여자의 조바심을 빼앗아 주었다. 그 여자는 처녀는 아니었다.

다음날 윤희중은 전보를 받는다. 급하게 상경하라는 전보였다. 윤희중은 며칠 안 되는 무진에서의 생활을 긍정하고 싶어 한다. 그러면서 하 선생에게 편지를 쓴다.

사랑하고 있으며 서울에서 준비가 되면 와달라는 말과 우리는 행복할 수 있을 것이라는 내용이다. 그러나 몇 번을 읽어보고는 찢어 버렸다. 그리고 무진을 떠난다. 그러면서 심한 부끄러움을 느낀다.

무진은 실제로 존재하는 도시가 아니다. 그런데도 한 번쯤은 꼭 찾고 싶은 도시이기도 하다. 그것은 안개가 주는 매력일 수도 있고 다른 무엇일 수도 있다.

무진의 안개는 이승에 한이 있어서 매일 밤 찾아오는 여귀(여자 귀신)의 입김과도 같다고 하였다. 안개는 또 무진을 둘러싸고 있던 산들을 보이지 않는 먼 곳으로 유배시켜 버린다. 무진의 아침에 사람들이 만나는 안개를 나 또한 보고 싶다. 그 보이지 않는 장관을 보고 싶다.

한편으로 삶이 지쳐 있을 때 찾을 수 있는 곳이 있었으면 하는 바람이 무진을 찾고 싶다는 이유일 수도 있겠다. 주인공 윤희중은 무언가 처리할 일이 있을 때 무진을 찾는다고 했다. 실패로부터 도망해야 할 때도 무진을 찾는다고 하였다.

우리는 필요로 하고 있다. 그것이 현실이든 소설 속이든 아니면 내가 꾸며낸 상상의 공간이든 도피처가 필요하다. 그래서 주인공인 윤희중이 찾는 고향이 내게도 아니 우리에게도 필요하지 않을까?

김승옥은 소설에서 속물주의와 출세주의에 대해 공격한다. 1960년 산업화를 이루면서 나타난 소시민들의 출세에 대한 욕망이 무너지는 모습과 중산층들의 출세를 의한 속물근성에 대해 배타적으로 묘사한다.

소설 속에서는 세무서장 조로부터 속물근성이 나타나고 있다. 자신의 출세를 위해서라면 혼인하는 것도 이용하는 그런 인간으로 묘사한다. 윤희중 또한 그런 면에 있어서 공범자라고 자인한다.

작가는 또 하인숙을 등장시켜 처가에 대한 압박감에서 벗어나고자 하는 주인공의 마음을 표현하고자 하였다. 주인공 윤희중은 장인과 아내의 계획에 따라 자신의 출세가 결정되고 있었다.

윤희중이 지금 고향에 있는 이유도 그런 계획에서 비롯된 것이다. 하인숙은 순수함과 함께 속됨이 함께 존재하고 있다. 서울에서 성악을 전공한 하인숙은 술자리에서 '목포의 눈물'을 부른다.

윤희중은 하인숙이 서울로 데려가 달라는 말에서 동질감을 느낀다. 이런 느낌은 현실에서 벗어나려는 욕망을 가진 윤희중에게 사랑을 느끼게 하는 것이다. 윤희중과 하인숙을 통해 현실과 이상에서 갈등하는 인간의 내면을 표현하고 있다.

현실에 맞서는 젊은 지식인의 내면

— 이광수 『무정』

주인공 이형식은 일본으로 유학을 다녀온 지식인으로 경성학교에서 영어를 가르치고 있다. 이형식은 김 장로의 부탁을 받고 그의 딸 선형에게 영어 과외를 하게 되었다. 선형은 다음 해 미국에 유학하러 가기 위해 준비하고 있었다.

선형의 영어를 가르치고 집에 돌아온 이형식에게 박영채가 찾아왔다. 박영채는 사십여 년을 학자로 지낸 박 진사의 딸이다. 10여 년 전 신미년 난으로 인해 박 진사네 모든 일가가 역적 혐의로 참살당하고 박 진사 집안만 살아 남았었다. 이후 박 진사는 아이들을 가르치고 있었고 형식 또한 부모를 여의고 오갈 데가 없어 박 진사네로 가서 공부하였다.

그 당시 형식이 박 진사의 사위가 된다는 소문이 돌았었다. 이후 박 진사네 가족들이 징역형의 선고를 받고 감옥에 들어가고 영채는 외가로 간다. 영채는 외가에서 매를 맞으며 지내다 도망 나와 온갖 역경과 서러움을 겪다 기생이 된다. 기생이 된 영채는 수백 명의 남자를 대하였으나 몸은 허락하지 아니하였다.

영채의 기억에 있는 착한 사람은 오직 이형식이라. 영채가 칠 년 동안 수십 명, 수백 명의 남자를 대하되 오히려 몸을 허하지 아니하고 주야 일념에 이형식을 찾으려 함이 실로 이 뜻이었다.

어느 날 형식은 영채가 계월향이라는 이름으로 일하는 곳에 찾아간다. 거기서 노파의 말을 듣고 이상한 눈치를 챈 형식은 영채가 위험하다는 것을 감지하고 영채를 찾아 나선다.

전차를 타고 가던 중 신우선이라는 기자를 만나 같이 청량사로 간다. 청량사에 도착한 형식은 경성학교 배명식 일당에게 겁탈당하는 영채를 구해낸다.

형식은 우뚝 서서 옷고름이 온통 풀어지고 옷이 흘러내려 하얀 허리가 한 뼘이나 내놓인 것을 보고 새로운 슬픔이 생긴다.

며칠이 지나 영채가 평양으로 떠나고 형식은 영채로부터 편지를 받는다. 편지는 형식에게 남기는 유서였다. 영채는 더러워진 자기 몸을 비관하고 형식에게 유서를 남긴 것이다.

형식은 영채가 있던 집의 노파와 함께 영채를 찾으러 평양으로 간다. 평양에 간 형식은 영채는 찾지 못하고 계향이라는 기생을 만나 시간을 보내다 영채는 죽은 사람으로 작정하고 서울로 올라온다.

> 형식은 그 어린 기생의 말과 모양을 보고 무슨 맛나는 좋은 술에 반쯤 취한 듯한 쾌미를 깨달았다. 마치 몸이 간질간질한 듯하다. 그 기생이 자기의 무릎에 손을 짚을 때 전신이 자릿자릿함을 깨달았다.

형식이 평양에서 돌아온 이후 학교에는 형식이 기생을 만나러 다닌다는 소문이 나 있었다. 학생들도 형식을 보고 비웃듯 하였다. 배 학감 또한 형식을 비꼬며 놀려댄다. 형식은 이에 다시는 이놈의 학교에 발길을 안 하겠다고 하면서 교문을 나선다.

이런 중에 김 장로는 형식에게 자기 딸과 혼인하게 하여 함께 미국으로 유학 갈 것을 제안한다. 형식은 영채와의 인연을 생각하며 고민한다. 그러나 결국 선형과 혼인할 것을 허락하고 즐거워한다.

한편, 평양으로 향하던 영채는 병욱이라는 여성을 만난다. 병욱의 이야기를 들은 영채는 죽는다는 생각을 고쳐 먹게 된다. 새로 만난 병욱은 영채를 자기 집으로 데리고 가 영채가 새로운 삶을 살아가는 데 도움을 준다.

> "영채 씨는 지금까지 꿈을 꾸고 지내셨지요. 허깨비를 보고 지내셨지요. 얼굴도 잘 모르고 마음도 모르는 사람에게 어떻게 마음을 허합니까. 그것은 다만 그릇된 낡은 사상의 속박이지요. 사람은 제 목숨으로 삽니다."

이후 영채는 병욱과 함께 동경 유학을 떠난다. 그런데 공교롭게도 혼인하고 미국으로 떠나는 형식과 선형이 같은 기차에 타게 된다. 서로 마주치게 된 형식과 영채는 괴로워한다.

형식은 그동안 영채와 있었던 일을 선형에게 이야기하고 선형은 그동안의 의문을 해소한다. 기차 안에서 서로 어색했던 것들은 기차가 폭우로 선로가 파손되어 멈추면서 전환점을 맞이한다.

멈춘 기차에서 내린 형식과 선형 그리고 병욱과 영채는 어려움에 처한 동네 사람들을 돌봐주며 도움을 준다. 병욱은 지혜를 내어 음악회를 열어 수입된 돈으로 불쌍한 사람을 돕도록 한다.

이후 그들은 교육으로, 실행으로 조선 사람들에게 가르침을 주기 위해 열심히 배우자고 다짐한다.

소설 『무정』은 삼각관계를 이루는 연애소설이라고 생각할 수 있다. 그러나 그 이면에는 민족주의와 계몽주의가 존재하고 있다. 소설의 마지막 장면에서 형식은 민족계몽 활동에 나서자고 선형과 영채에게 이야기한다.

소설 속에 나오는 여러 인물은 구시대적인 생각과 신시대적인 생각의 질서가 혼돈하고 있던 시대를 대변하는 다양한 인물들이다. 시대의 변화를 이야기하면서도 전통적 유교 교육의 틀을 벗어나지 못하는 인물로 영채를 그리고 있다. 선형 또한 신교육을 받았음에도 아버지의 틀에서 벗어나지 못하고 있다. 이는 구시대의 잘못된 인식을 타파하지 못하고 있는 것이다.

형식은 시대의 흐름을 읽지 못하고 방황하거나 자신의 출세를 위해 중요한 일을 결정한다. 신여성으로 생각이 자유로운 인물은 병욱이라고 할 수 있다. 병욱은 교육받은 신여성답게 구시대적 사고에서 벗어나 영채를 죽음으로부터 구해낸다.

한편으로 조선의 여성상을 타파하려는 시도도 보인다. 즉, 조선시대 잘못 받아들여진 유교사상 일부에 대한 반론일 수 있다. 공자로부터 창시된 유교사상은 도덕적 덕목을 중시한다. 또한, 인류의 보편적 평등성에 이바지하며, 인간에게는 선을 지향하는 경향이 있고 이것이 동물과 구별시켜 준다는 것이다.

그러나 유교사상을 지나치게 해석하여 사회적 계층을 강조, 형평성의 문제를 낳았고 남성 중심적, 남성의 역할을 강조함으로써 여성 차별을 촉진하였다.

작가는 이러한 남성 중심적인 것에 반하여 병욱을 통해 여성의 역할 또한 중요하다는 것을 강조하고 있다. 병욱은 수해 현장에서 자진하여 음악회를 열고 모금을 통해 어려운 사람들을 도와주는 데 중추적인 역할을 한다. 또한 시대적으로 지켜야 할 기본적인 예의범절을 지켜야 한다는 이야기를 형식과 영채를 통해 보여주고 있다. 신문물을 받아들인 김장로의 딸인 선형도 시대에서 바라는 여성상을 그리고 있다.

영채는 한결같은 마음으로 형식을 바라보고 있으며 형식을 위해 기생의 몸으로도 정절을 끝까지 지켜내려고 노력한다. 형식은 영채와 선형의 사이에서 고민하다 선형을 선택했으면서도 영채와 다시 만나면서 선형과의 약혼을 파하겠다고 한다. 중이 되겠다고도 한다. 선형은 형식을 평하면서 자신의 짝이 되기에는 너무 자격이 부족하다고 생각한다. 선형의 원하는 사람은 부귀한 집 냄새를 지닌 사람이었다.

그러나 형식에게는 그런 것이 없었다. 그래서 자신과 짝을 지어주려는 부친을 원망하기도 한다. 그런데도 선형은 부모의 말을 거역하지 못할 줄을 안다. 부모 말 한마디에 자기 일생이 결정된 것으로 생각하는 것이다.

마음으로 시작해 꿈을 완성하는 연금술

— 파울로 코엘료 『연금술사』

산티아고는 어릴 적부터 신부가 되기 위해 공부하던 중 세상을 여행하고 싶어 아버지에게 금화 세 개를 받아 양들을 사서 양치기가 된다.

어느 날 산티아고는 똑같은 꿈을 두 번 꾸고 나서 점을 치는 노파를 찾아간다. 그 꿈은 양들과 함께 놀던 아이가 산티아고의 손을 잡더니 이집트 피라미드로 데려가는 꿈이었다.

노파는 부자로 만들어줄 보물을 발견하게 된다는 꿈이라고 한다. 그러면서 나중에 보물의 십분의 일을 달라고 한다. 산티아고는 노파의 말을 믿지 않고 실망만 하게 된다.

산티아고는 다시 양치기와 책 읽기에 빠져 있다가 자신을 살렘의 왕이라고 소개하는 노인을 만나 이야기하게 된다. 이야기하다

보니 노인은 매우 현명하였다. 노인은 이집트의 피라미드 가까운 곳에 보석이 있다고 말해준다.

산티아고는 양 떼의 십분의 일을 노인에게 주고 우림과 툼밈이라는 흰색과 검은색의 보석을 받고 이집트에 도착한다.

> 산티아고는 어디로든 갈 수 있는 바람의 자유가 부러웠다. 그러다 문득 깨달았다. 자신 역시 그렇게 할 수 있으리라는 사실을. 떠나지 못하게 그를 막을 것은 아무것도 없었다. 그 자신 말고는….

산티아고는 이집트에 도착하고 우연히 스페인어를 할 수 있는 남자를 만난다. 산티아고는 피라미드에 갈 수 있게 되었다고 안심하고 그 남자에게 자신의 금화를 맡긴다. 하지만 그 남자는 금화를 들고 사라진다.

이곳저곳을 배회하던 산티아고는 크리스털 상점에서 일을 하게 된다. 이후 산티아고는 어느 정도 아랍어도 구사할 수 있게 되었다. 산티아고는 또 크리스털 잔에다 차를 팔자는 아이디어를 내어 상점에는 점원 두 명을 더 고용해야 했다. 거의 일 년이 지나고 산티아고는 양을 살 충분한 돈을 번다.

고향으로 돌아가려던 산티아고는 늙은 왕이 주었던 힘과 용기가 전해지는 것을 느꼈다. 산티아고는 피라미드를 찾기 위해 사막을 건너다니는 대상들을 찾아간다.

"나는 자아의 신화를 살아가는 사람 곁에 항상 있다네." 늙은 왕은 말했다.

대상을 따라 사막을 건너던 중 산티아고는 한 영국인을 만난다. 그 영국인으로부터 연금술에 관한 이야기를 듣게 되고 영국인이 보여준 책을 통해 어느 정도 연금술에 대해 이해하게 된다.

"이 세계에는 어떤 정기가 흐르고 있다는 것, 그리고 그 정기를 이해할 수 있는 사람은 사물의 언어도 이해할 수 있다는 것을 배웠어요.

숱한 연금술사들이 자아의 신화를 살아냈고 끝내는 '만물의 정기'와 '철학자의 돌'과 '불로장생의 묘약'을 발견해냈더군요. 하지만 무엇보다도 중요한 건, 이 모든 것이 에메랄드 판 하나에 새길 수 있을 만큼 아주 간단한 진리라는 사실이에요."

대상 일행은 오아시스에 도착한다. 그러나 사막의 부족 간 전쟁이 일어나서 대상을 오아시스에 잠시 머물기로 한다. 영국인은 산티아고에게 연금술사를 같이 찾자고 제안한다. 연금술사를 찾아 여기저기 수소문하던 중 사막의 여인인 파티마를 만난다.

> 그녀의 검은 눈동자와 침묵해야 할지 미소지어야 할지 몰라 망설이는 입술을 보는 순간, 그는 지상의 모든 존재가 마음으로 들을 수 있는 '만물의 언어'가 가지고 있는 가장 본질적이고 난해한 부분과 맞닥뜨렸음을 깨달았다.

산티아고는 그녀를 두 번째 만났을 때 청혼한다. 파티마는 자신도 오래전부터 산티아고를 기다려 왔다고 하면서 꿈을 찾아 여행을 계속하라고 한다.

오아시스에 적응해 나가던 중 산티아고는 두 마리의 비행하는 매를 보고 전쟁이 일어날 것을 읽어 낸다. 오아시스 족장을 찾아간 산티아고는 전쟁이 일어날 것을 알려준다.

그날 저녁 보름달이 오아시스를 비추고 있을 때 기사의 칼날이 산티아고를 겨누었다. 기사는 매들의 비행을 읽은 것을 물었고 산티아고는 대답했다. 기사는 칼을 거두고 나중에 자신을 찾아오라고 하였다. 그는 연금술사였다.

오백여 명의 병사들이 오아시스로 쳐들어왔다. 산티아고의 예언을 듣고 미리 알고 있던 부족은 그들을 모두 섬멸하였다. 최고 족장은 산티아고에게 금화 50개를 주었다.

다음날 산티아고는 연금술사를 찾아간다. 연금술사는 같이 피라미드를 찾아갈 것을 제안한다. 산티아고는 파티마를 두고 떠난다는 것이 마음에 걸렸으나 연금술사와 같이 떠나기로 한다.

"그대 뒤에 두고 온 것들은 생각지 말게. 모든 것은 만물의 정기 속에 새겨져 영원히 거기 머물 테니."

산티아고와 연금술사는 여러 날을 전쟁이 일어나고 있는 사막을 지나면서 수많은 난관에 부딪히기도 하고 죽을 고비도 넘기며 사막을 횡단한다.

사막을 횡단하면서 산티아고는 연금술사에게 많은 것을 배운다. 어려움에 부딪쳤을 때 바람으로도 변한다. 피라미드에 가까워지고 연금술사는 산티아고와 작별한다.

산티아고는 피라미드를 발견했으나 보물을 찾지 못하고 오히려 병사들에게 두들겨 맞아 옷이 찢기며 죽음의 그림자를 느낀다. 그런 와중에 병사 중 한 명이 자신의 꿈에 관한 이야기를 듣게 된다. 산티아고는 다시 고향으로 돌아와 보물을 발견하게 된다.

작가가 말하고 있는 연금술은 단순히 금을 만드는 것이 아니라

더 많은 것을 찾아내고 발견하고 실행하는 것이다. 연금술은 만물의 정기 속으로 깊이 들어가 만물의 정기가 우리들 각자를 위해 예정해둔 보물을 찾는 것이다.

"누군가 꿈을 이루기에 앞서, 만물의 정기는 언제나 그 사람이 그동안의 여정에서 배운 모든 것들을 시험해 보고 싶어 하지. 만물의 정기가 그런 시험을 하는 것은 악의가 있어서가 아니네. 그건 자신의 꿈을 실현하는 것 말고도, 만물의 정기를 향해 가면서 배운 가르침 또한 정복할 수 있도록 하기 위함일세. 사람 대부분이 포기하고 마는 것도 바로 그 순간이지."

소설 속의 주인공 산티아고는 연금술사를 만난다. 산티아고는 연금술사로부터 마음의 소리에 귀를 기울이고, 있는 그대로의 마음을 받아들이는 법과 마음이 하는 일을 배웠다. 또한 만물이 얘기하는 말을 듣는 법과 바람의 언어와 해의 언어를 배웠다.

"인간의 마음은 정작 가장 큰 꿈들이 이루어지는 걸 두려워해. 자기는 그걸 이룰 자격이 없거나 아니면 아예 이룰 수 없으리라고 생각하기 때문에 그렇지."

연금술사는 내 아버지의 아버지로부터 연금술을 배웠고 태초로부터 연금술사의 자손이기에 연금술사라고 한다.

그러면서 연금술은 단순히 금을 만드는 기술이 아니라는 것을 이야기한다. 연금술은 하려고만 한다면 바람의 힘만으로 수많은 병사들을 물리칠 수 있다고 한다.

> "나는 연금술사이기 때문에 연금술사일 뿐이네. 난 내 아버지의 아버지로부터 배웠고, 이렇게 태초로 거슬러 올라가네."

소설의 마지막까지 읽으면서 연금술은 그리 멀리 있는 것이 아니라는 것을 깨닫게 된다. 내가 터득한 연금술은 자신의 꿈을 이루기 위해 마음이 하는 대로 움직이는 것. 그것을 따라 내가 꿈꾸는 것을 이루는 것, 그것이 진정한 연금술이라고 생각하였다.

소설의 줄거리를 쓰면서 산티아고와 연금술사가 전쟁이 일어나고 있는 사막을 가로질러 피라미드를 찾아가는 여정을 최대한 간략하게 요약하였다.

피라미드를 찾아가는 여정 속에는 연금술사의 모든 말들이 명언이며 아름다운 말들로 이루어져 있다. 그 말들을 요약하기에는 어느 하나 버릴 것 없는 문장으로 이루어져 있다.

"이 세상에는 위대한 진실이 하나 있어. 무언가를 온 마음을 다해 원한다면, 반드시 그렇게 된다는 거야. 무언가 바라는 마음은 곧 우주의 마음으로부터 비롯되기 때문이지. 그리고 그것을 실현하는 게 이 땅에서 자네가 맡은 임무라네."

…

"아무리 그대가 듣지 않는 척해도, 마음은 그대의 가슴속에 자리할 것이고 운명과 세상에 대해 쉴 새 없이 되풀이해서 들려줄 것이네."

모든 문장은 몇 번을 읽어도 좋은 글들이다. 이 책을 읽을 기회가 생긴다면 연금술사와 산티아고가 피라미드를 찾아가는 여정은 밑줄을 치며 읽어도 좋겠다.

사랑으로 세상을 살아가는 사람들

— 톨스토이 『사람은 무엇으로 사는가』

집도 땅도 없는 구두 수선공 시몬은 모직 외투 한 벌을 아내와 번갈아 입을 정도로 가난했다. 겨울이 오기 전 마을 농부들에게 빌려준 돈을 받아 양가죽을 사기 위해 마을로 간다.

그러나 돈을 조금밖에 받지 못한 시몬은 속이 상해 받은 돈으로 술을 마셔 버린다. 집으로 돌아오던 시몬은 교회를 지나면서 벌거벗은 남자를 발견한다. 시몬은 그냥 지나치려다 옳지 않은 행동임을 깨닫고 남자에게 외투를 입혀 자기 집으로 데려온다.

'시몬, 도대체 넌 뭘 하고 있는 거지? 사람이 어려운 일을 당해 죽어 가고 있는데 겁이나 집어먹고 슬그머니 도망치려고 하다니…. 네가 무슨 부자라도 된다고 가진

재산을 빼앗길까 봐 겁을 낸단 말인가?'

집에 돌아오자 부인 마트료나는 술을 마시고 이상한 남자까지 데리고 온 시몬에게 온갖 못된 말을 퍼붓는다.

시몬이 남자의 사정을 이야기하고 마트료나도 젊은이를 보니 왠지 모를 평온한 기운이 돌았다. 그들은 빵을 나누어 먹고 낡은 셔츠도 주며 친절을 베푼다. 그날 이후로 남자는 시몬의 집에서 지내며 구두 만드는 일을 시작한다. 남자의 이름은 미하일이었다. 미하일은 뭐든지 금방 배웠다.

일 년이 지나고 미하일이 만든 튼튼하고 멋진 구두로 시몬의 수입은 차츰 늘어났다. 어느 겨울날 삼두마차를 타고 온 신사가 좋은 가죽을 주면서 일 년 내내 신어도 해지지 않는 장화를 만들라고 하였다. 그러면서 잘못 만들면 감옥에 넣어 버리겠다고 겁을 주었다.

시몬은 미하일에게 재단을 맡긴다. 미하일은 가죽으로 장화가 아닌 슬리퍼를 만들어 놓는다. 시몬이 놀라 당황하고 있는데 신사의 하인이 찾아와 돌아가던 도중 주인이 죽었다며 죽은 사람이 신을 슬리퍼를 만들어 달라고 한다.

육 년이 지난 어느 날 어떤 부인이 여자아이 둘을 데려와 두 아이가 봄에 신을 구두를 주문한다. 그중 한 아이는 다리가 불편했다. 이때 마트료나가 궁금한 것을 부인에게 물어보았고 부인은 아이들의 친어머니가 아닌 것을 알게 된다.

부인이 데리고 온 아이들은 이웃집에서 낳은 쌍둥이이며 태어나자마자 고아가 되어 자신이 돌보고 있다고 하였다. 또한 부인에게는 아들이 하나 있었는데 3살 때 죽고 더는 아이가 생기지 않았다. 그래서 부인은 쌍둥이 여자아이를 자식처럼 사랑하지 않을 수 없었다.

부인과 아이들이 떠나고 나서 미하일은 시몬과 마트료나에게 자신의 신분을 밝힌다. 사실 자신은 천사였는데 하나님의 말씀을 거역한 죄로 벌을 받아 이 세계로 왔다고 하였다. 이 세계로 오면서 하나님께서는 세 가지 질문에 대한 진리를 알아 오라고 하였다는 것이다. 그 세 가지는 '사람의 마음에는 무엇이 있는가', '사람에게 주어지지 않은 것은 무엇인가', '사람은 무엇으로 사는가'였다.

시몬은 하나님의 세 가지 질문에 대한 답이 무엇인지를 미하일에게 물어본다. 미하일은 세 가지 질문에 대한 답을 알려준다. 첫째는 사랑이며, 둘째는 미래를 알지 못함이며, 셋째는 사랑이라고 대답해 준다.

"첫째는 마트료나가 자기를 쫓아내려다 시몬이 하나님을 얘기하자 너그러워지는 것을 보며 사람의 마음에는 사랑이 있다는 사실을 깨달았습니다.

둘째는 장화를 만들어 달라는 신사로부터 자신이 언제 죽을지 모르는 것을 보고 사람에게는 자신에게 필요한 것이 무엇인지를 아는 능력이 주어져 있지 않았습니다.

셋째는 그 부인이 자신의 배로 낳지도 않은 남의 아이들을 가엾게 여기며 눈물을 흘렸을 때, 저는 그녀에게서 살아 계신 하나님의 모습을 보았습니다."

작가는 모든 사람이 자신에 대한 걱정으로만 살아가는 것이 아니라 사랑으로 살아간다는 것을 말하고 있다. 또한 함께 살아가기 위해 모두에게 필요한 것이 무엇인지를 함께 고민하도록 하고 있다.

사람은 혼자 살아가지 못한다. 누군가 함께 살아가야 살아지는 것이 인간이기 때문이다. 그렇기에 사람들은 문화를 만들고 함께 살아가며 힘든 일과 즐거운 일들을 공유하고 있다.

다만, 인간에게 주어진 능력 밖의 일들도 인간이 하고 있다는 현실이 조금 안타까울 뿐이다. 인간은 죽음을 두려워해서 문화를 만들고 함께 하는 과정에서 두려움을 헤쳐나가고 있다.

그러나 완벽하지 않은 체계가 세워지면서 사람 간의 서열화가 생겨나기 시작했다. 그 서열화는 인간의 평등을 불평등으로 만들었고 나아가 사람들 간의 다툼으로 이어졌다.

세상의 기득권층은 권력을 유지하기 위해 자신들이 가지고 있는 힘을 이용하여 자신들에게 유리한 제도를 만들어낸다. 조지 오웰의 『동물농장』에서는 돼지들이 자신들의 권력을 유지하려고 다른 동물들에게 거짓된 선동을 한다.

돼지들은 정신 노동자들로 좋은 음식과 좋은 교육을 받아야 한다고 다른 동물들을 세뇌한다. 다른 동물들을 위해 좋은 정책을 만들고 실행해야 한다는 것이다.

작가는 하나님의 사랑이 사람에게도 있으며 이는 함께 살아가는 데 매우 중요한 일이라는 것을 소설 속 여러 곳에서 이야기한다. 사랑의 사전적 의미는 어떤 사람이나 존재를 아끼고 귀중히 여기는 마음 이외에 남을 이해하고 돕는 마음도 사랑으로 해석하고 있다.

사회가 복잡화될수록 배려하는 마음이 사람들에게서 멀어지는 것이 사실이다. 남을 이해하고 돕는 사랑을 실천하기 위해서는 배려하는 마음이 중요하다. 배려하는 마음으로 세상을 살아가면 그 세상은 사랑이 넘칠 것이다.

한편, 소설은 기독교 사상에 너무 치우쳐 있는 것도 있다. 미하일은 하나님의 노여움으로 천사의 신분에서 사람의 신분으로 세상에 내려와 사람은 사랑으로 살아간다는 것을 깨우쳐 간다.

시몬의 아내 마트료나는 시몬이 집으로 데려온 미하일을 처음에는 내쫓으려고 하다 "당신 마음에는 하나님도 없소?"라는 시몬의 말에 마음이 차분해지며 미하일에게 음식을 대접한다.

> "사람들은 스스로 자신에 대한 걱정으로 살아간다고 생각할지 모르지만, 사실은 그렇지 않다는 것을 비로소 깨달은 것입니다.
>
> 그들은 오직 사랑의 힘으로 살아가고 있었던 거예요. 사랑으로 살아가는 사람은 하나님 안에 사는 사람입니다. 다시 말해 하나님은 그 사람 안에 계시는 것입니다. 하나님이 곧 사랑이시기 때문입니다."

가장 높이 나는 새가 가장 멀리 본다

— 리처드 바크 『갈매기의 꿈』

갈매기 대부분은 비행에 대해 아주 간단한 사실 이상은 배우지 않는다. 대개의 갈매기들에게 중요한 것은 비행이 아니라 먹이다. 그러나 조나단 리빙스턴은 먹이보다 비행이 중요했다.

무엇보다 하늘을 나는 게 좋았다. 그러나 조나단의 부모는 그런 조나단을 걱정한다. 조나단은 부모의 걱정을 뒤로 하고 비행 연습에 몰두한다.

여러 날을 연습한 조나단은 600미터 상공에서 시속 150킬로미터로 비행했다. 하지만 날개를 제어하지 못하고 철벽같은 바닷속으로 떨어졌다. 한계에 부딪힌 조나단은 잠깐 다른 갈매기들처럼 평범하게 살자고 생각한다.

'내가 빠른 속도로 날 운명이라면 배처럼 날개가 짧고 물고기가 아니라 쥐를 먹고 살았을 거라고. 이 엉뚱한 짓은 집어치워야 해. 갈매기 무리에게 날아가서 이대로 만족하면서 살아야 해. 한계가 많은 처량한 갈매기로.'

다시 마음을 다잡은 조나단은 더욱 열심히 비행 연습을 한다. 연습하고 연습한 결과 1,500미터 상공에서 시속 344킬로미터로 강하하였다. 배와 갈매기 떼를 보았으나 멈출 수가 없었다. 충돌하면 그 자리에서 죽을 터였다.

행운의 신은 조다단 편이었다. 아무도 죽지 않았다. 그러나 이 일로 인해 부족 회의가 열렸고 부족장은 무분별한 무책임, 그리고 갈매기 가족의 위엄과 전통을 깼다는 이유로 추방당한다.

어느 날 하늘을 평온하게 홀로 날고 있을 때 두 갈매기가 나타났다. 그들 또한 조나단처럼 비행할 수 있었다. 그들은 조나단의 형제라고 하였다.

"그대의 부족에서 왔소, 조나단. 우리는 그대의 형제들이오. 그대를 더 높이 데려가려고 왔소. 그대를 집으로 데려가려고."

새로운 세상에 온 조나단은 자기가 살던 곳과는 다르다는 것을 느낀다. 이곳의 갈매기들은 모두 자기와 같이 생각했다. 각자의 삶에서 중요한 것은 자신이 하고 싶은 일에 열심히 노력해서 완벽을 얻는 것이었다.

어느 날 저녁 조나단은 용기를 내서 족장 갈매기 챙에게 말을 건다. 족장 챙은 15미터쯤 떨어진 곳을 눈 깜빡할 사이에 갔다가 돌아왔다. 조나단은 너무 놀랐다.

조나단은 족장으로부터 매일 한밤중까지 혹독하게 수련한다. 한 달이 지나 조나단은 족장의 수제자가 되어 새로운 관념들을 받아들인다. 그러던 어느 날 족장 챙은 조나단에게 계속 사랑을 연마하라는 말과 함께 사라진다.

지상으로 내려온 조나단은 자신과 비슷한 일을 겪은 플레처를 만나고 그를 제자로 받아들인다. 3개월이 지나고 조나단의 제자는 여섯이 된다. 모두 추방자였다. 한 달이 또 지나고 조나단은 부족에게 돌아갈 때가 되었다고 한다.

제자들은 '추방자는 부족으로 돌아가지 않는 것이 규율'이라며 망설인다. 그러나 플레처의 설득으로 조나단을 포함한 여덟 마리 갈매기는 멋진 비행을 보이며 부족으로 돌아간다. 부족장은 잠시 고민 끝에 그들과 대화하는 갈매기는 추방할 것이라고 하면서 그들을 받아들인다.

부족으로 돌아온 지 한 달쯤 지나 처음으로 부족 중의 한 마리가 비행술을 가르쳐 달라고 한다. 나날이 무리가 커졌고 그들은 질문하고 숭배하고 또한 '위대한 갈매기의 아들'이라며 조롱했다.

이후 플레처가 신입 수련생들에게 고속 비행을 보여주다 사고가 일어나고 그곳에 모인 수천 마리의 갈매기들이 악마라고 외쳐댔다. 아침이 되자 갈매기들은 광적인 일을 잊었다.

조나단은 플레처에게 자신만의 천국을 짓고 부족 전체를 그 방향으로 인도하라고 한다. 그리고 조나단은 텅 빈 허공으로 사라진다.

> "눈에 보이는 것을 믿지 마라. 눈이 보여주는 것은 다 한계가 있을 뿐이란다. 너의 이해력으로 보고, 이미 아는 것을 찾아내거라."
>
> …
>
> "먼저 알아두어야 한다. 갈매기는 자유의 무한한 관념이며 위대한 갈매기의 상이고, 날개 끝부터 날개 끝까지 전체는 다름 아닌 너의 생각 자체일 뿐이다."

조나단이 사라진 후 갈매기들은 비행보다는 복잡한 말들을 늘어놓기만 하였다. 비행을 수련하는 갈매기들은 점점 줄어들었고 숭배와 찬양만이 난무했다. 사암을 쪼아 조나단의 동상이 해안을 따라 세워졌다.

200년이 지나지 않아 조나단의 가르침은 사라지고 조나단의 이름으로 생긴 의식과 의례는 극단적으로 되었다. 그리고 조나단의 비행은 누군가 지어낸 신화이며, 약한 자들이 믿는 동화로 생각하게 되었다.

어느 날 갈매기 무리 중 앤서니는 엄청난 속도로 비행하는 갈매기를 보게 된다. 그는 자신을 존으로 불러달라고 한다.

조나단 리빙스턴이란 이름만 들어도 설렐 때가 있었다. 흐릿하게 보이던 미래가 조나단에 의해 밝게 보였다. 나도 할 수 있다는 자신감이 폭발했다.

'가장 높이 나는 새가 가장 멀리 본다.' 누구보다 높은 곳에서 가장 멀리 보고 싶은 욕망이 생겼다. 누구나 꿈을 꾼다. 그러나 그 꿈을 이루기 위한 긴 여정을 버티기란 그리 쉬운 일이 아니다.

조나단은 우리에게 도전하라고 한다. 꿈을 이루기 위한 도전을 포기하지 말라고 한다. 조나단은 갈매기에게는 불가능한 비행을 이루기 위해 실패를 거듭한다.

또한 그 일로 인해 집단 내에서 따돌림을 당하기도 한다. 그 따돌림은 추방이라는 집단의 규율에 따라 조나단에게 다가온다. 그러나 조나단은 포기하지 않고 자신의 꿈을 위해 당당히 나아간다. 그렇게 이룬 꿈은 가장 높이서 가장 멀리 바라보는 갈매기가 된다.

우리는 사회가 올바르게 나아가도록 하는 사람들을 색다른 눈으로 바라본다. 조나단이 속한 갈매기 집단과 닮았다. 사회를 이루고 있는 규범들은 함께라는 목적을 두고 우리 스스로 만들어온 것들이다.

그러나 모든 규범이 함께라는 목적을 두는 것은 아니다. 어떤 것들은 기득권을 유지하려는 세력들에 의해 만들어진 것들도 있다. 그러한 것들을 개선하기 위한 몸부림을 우리 사회는 이상한 사람들로 바라보고 있다.

소설 속 갈매기 집단은 조나단이 꿈을 향해 나아가는 것을 받아들이지 못하고 추방한다. 오늘의 현실을 살아가는 우리 사회와 닮았다.

조나단은 집단에서 추방당하면서까지도 자신의 꿈을 이루기 위해 노력한다. 조나단에게는 이룰 수 있다는 믿음이 있었다. 조나단에게는 포기하는 인간이 가지고 있는 나약함이 없었다. 자신의 꿈을 향해 당당히 나아가 도전하고 성취하고 성공한다.

한편, 조나단이 꿈을 이루기까지의 여정 속에는 함께 하는 소중함이 들어있다. 추방당한 조나단이 홀로 꿈을 향해 나아가다 만난 집단의 갈매기들은 하고 싶은 일을 열심히 노력해서 완벽을 얻는 것을 중요하게 여기는 갈매기들이었다.

조나단은 그곳에서 만난 족장 챙과 함께 자신의 꿈을 이루어 간다. 함께 한다는 것은 꿈을 향한 여정을 혼자일 때보다 훨씬 수월하게 만든다. 인간의 삶 또한 함께 하는 삶이 되어야 한다. 인간이 함께 하는 삶은 모두가 꾸는 꿈을 이루기 위한 도전일 것이다.

인간으로 태어남에 대한 상실감, 그리고 번뇌

— 다자이 오사무 『인간 실격』

소설은 주인공 요조의 수기로 소개하는 글, 첫 번째 수기, 두 번째 수기, 세 번째 수기, 후기로 이루어져 있다.

주인공 요조는 인간의 생활을 이해하지 못한다. 나아가 요조가 생각하는 행복의 관념과 세상 사람들이 생각하는 행복의 관념이 다르다는 불안감으로 발광할 뻔하기도 한다.

요조는 인간들이 생활하는 방식을 이해할 수가 없다. 인간들은 어떤 꿈을 꿀까, 걸을 때는 무슨 생각을 할까 이런 생각들을 할 때마다 요조는 점점 더 풀 수 없는 수수께끼와 마주치며 불안과 공포에 휩싸인다. 그래서 요조는 우스운 행동을 하기 시작한다.

"그 행동은 내게 인간에 대한 마지막 구애입니다. 난

인간을 극도로 두려워하면서도 그렇다고 인간을 아무래도 단념할 수는 없었던 모양입니다. 그리고 이런 우스운 행동을 수단으로 인간과의 가느다란 연결 고리를 이을 수 있었습니다."

요조는 이상한 옷을 입는다든가 하인이 아무렇게나 치는 피아노 가락에 맞춰 인디언 춤을 추는 등 집 안에 있는 사람을 웃게 한다. 또한 요조는 다양한 책들을 읽어 두루두루 박사라고 불리기도 했고 학교에서는 거의 존경받는 수준이었다.

그러나 요조는 어떤 일이든 인간에게 호소하는 건 소용없는 짓이라고 생각한다. 그렇게 인간들을 불신한다. 중학교에 입학한 요조는 태어나서 처음으로 타향으로 떠난다. 타향은 고향보다 편하게 여겨졌다. 그러나 대인기피증은 더욱 심해졌다.

그러던 중 반 친구인 다케이치에게 일부러 우스운 행동을 한다는 것을 들키게 된다. 요조는 자기의 우스운 행동을 들키게 된 후로 불안과 공포는 더욱 커졌다. 요조에게는 또 여자라는 존재에 대해 생각하는 것은 더 복잡하고 골치 아픈 일이었다.

중학교를 4학년까지 마친 요조는 5학년으로 진급하지 않고 도쿄에 있는 고등학교에 입학하게 된다. 그리고 미술 학원에서 술과 담배, 매춘부와 전당포, 그리고 좌익사상을 배운다.

요조는 이러한 것들로 인해 대인기피증을 일시적으로 희석할 수 있었다. 매춘부들에게는 거북하지 않게 본능적인 호의를 받는다. 그러던 어느 날 친구와 함께 공산주의 독서토론회라는 비밀 연구회에 가게 된다. 거기서 마르크스 경제학 강의를 듣는데 모두 아는 내용이라는 생각이 든다. 한번은 지하 조직의 여성 동지와 하룻밤을 보내기도 한다.

혼자 하숙하던 요조는 매월 송금받는 돈이 2~3일이면 다 없어져 버렸다. 전당포에 들락거렸지만, 돈이 궁하긴 마찬가지였다. 하루는 술을 마시고 돈도 없으면서 싸구려 술집엘 들어간다.

거기서 만난 여자와 하루를 보낸 뒤에 다음 날 밤 둘은 가마쿠라 근해에 뛰어들어 자살을 시도한다. 여자는 죽고 요조는 구조된다. 그 후 요조는 경찰서 보호실에 수용되고 여러 가지 심문을 받은 후에 기소유예 처분을 받는다.

자살 사건으로 인해 고등학교에서 퇴학을 당한 요조는 고향 집과의 관계도 끊어진다. 오갈 데가 없던 요조는 아버지의 비서처럼 일을 하던 넙치라는 사람의 집에서 지내게 된다. 넙치는 요조가 자살할 것처럼 보였는지 외출을 금지했다.

이후 넙치가 요조에게 앞으로 어떻게 할 생각인지 다그쳤고 이에 요조는 넙치의 집에서 도망친다. 갈 곳이 없던 요조는 예전의 학원에서 만났던 6살이 많은 친구인 호리키를 찾아간다. 호리키와 이야기를 나누다가 시즈코라는 여자가 찾아와 호리키와 이야기하던 중 넙치에게 전보가 온다.

호리키는 요조가 도망쳐 나온 것을 알고 돌아가라고 한다. 그 말에 시즈코는 요조를 자기 집으로 데려가게 되고 처음으로 여자 집에 얹혀사는 기둥서방 같은 생활을 하게 된다.

어느 날 술집 맞은편 작은 담배 가겟집 딸인 요시코는 요조에게 술을 그만 마시라고 충고한다. 그녀는 열일고여덟쯤 되었다. 요조는 지금까지 어린 처녀와 자본 적이 없었다. 순진한 요시코에게 반한 요조는 그녀와 결혼하게 된다.

그러나 얼마 지나지 않아 요조는 요시코가 다른 남자와 엉겨 붙어 있는 것을 보게 된다. 요조는 요시코의 몸이 더럽혀졌다는 것보다 신뢰가 더럽혀졌다는 것에 절망하게 된다. 다시 술에 취해 살던 요조는 우연히 요시코가 모아놓은 수면제를 발견하고 모두 먹고 사흘 밤낮을 잠들어 있다 깨어난다.

몸이 쇠약해진 요조는 약국을 찾았다. 약국 아주머니는 여러 가지 약을 주면서 술이 마시고 싶어 못 견딜 때 쓰는 약이라면서 모르핀 주사제를 준다. 모르핀은 불안, 초조, 부끄러움도 깨끗이 사라지게 하였다.

그러나 하루에 한 대가 두 대가 되고 네 대가 되어 모르핀에 중독이 된다. 며칠이 지나고 넙치와 호리키가 요조를 정신병원에 입원시킨다. 요조는 광인의 신세가 된 것을 알고 자신은 인간이 아니게 되었다는 것을 인정한다.

인간이 타락하는 기준은 무엇일까? 그보다 먼저 올바른 인간의 기준은 어떤 것일까? 주인공 요조는 본인 외에 모든 인간은 가식적이고 역겨운 존재라고 생각한다. 그러면서 인간으로서 이해할 수 없는 행동들을 하고 다닌다.

주인공 요조의 표현을 빌리자면 그것은 인간에 대한 최후의 구애로 우스운 행동을 하는 것이다. 한편으로 요조는 인간에게 혐오감을 느끼고 있으면서 인간에게 기생한다.

소설은 처음부터 마지막까지 모순으로 이어져 있다. 작가는 주인공 요조를 통해 인간들은 타락해 있다는 것을 보여주고 싶어 한다는 흔적이 소설 곳곳에 나타난다.

고등학생 신분으로 술과 담배를 하고 심지어 사창가에 드나들며 여성들과 관계한다. 그러다 한 여성과 동반 자살을 시도하여 여성이 죽는 일이 발생한다. 요조는 인간을 혐오하며 혼자만의 삶을 살아낼 듯 하나 그렇게 행동하지 못한다. 오히려 바닥 인생을 살아가는 인간에게 기생하며 살아간다.

마지막에는 자신을 통제하지 못하고 마약에 중독되어 자기 자신에게 '인간 실격'이라는 결론을 내린다. 소설이 아닌 현실에서의 이러한 삶은 어떠한 평가를 받게 될까? 요조는 인간을 이해하지 못하는 것에 대한 표현으로 우스운 행동을 하곤 한다. 생각과 행동이 모순되어 일어나는 행동을 하는 것이다.

주인공 요조는 인간 혐오로서 인간은 결코 인간에게 복종하지 않는다는 것을 믿고 있다. 그것은 인간의 생활에 있어 모든 행동이 싸움으로 보일 때 그 싸움에서 이겨야 삶을 살아낼 수 있다고 생각한다. 또한, 이러한 삶은 개인적인 것으로 귀결된다고 본다.

> "세상, 나도 이제 어렴풋이 이해하게 된 것 같은 기분이 들었습니다. 개인과 개인 사이의 싸움에서, 나아가 바로 그 자리의 싸움에서, 거기서 이기면 되는 것이며, 인간은 결코 인간에게 복종하지 않는 존재로 노예조차 나름의 비굴한 앙갚음을 하는 법이니 인간에겐 '한판 승부'에서 승리하는 것 외에는 생존해 나갈 길이 없고."

소설은 처음부터 끝까지 밝은 면을 보여주지 않는다. 인간으로서 실격된 면을 보여주기 위한 작가 선택일 수도 있다. 다섯 번이나 자살을 시도한 작가의 자전적인 이야기일 수도 있다.

부유하게 태어나 가난한 자들에 대한 죄의식을 주인공 요조를 통해 상쇄하려는 시도일 수도 있다. 이러한 작가의 배경이 소설 전반을 어둠으로 가득 채워진 것일 수 있다.

소설을 끝까지 읽고 나서 한편으로 동정심이 한편으로는 불쾌함이 공존했다. 세상의 모든 인간을 인정하지 못하고 혐오하며 가식적이고 역겨운 존재로 생각하는 요조에게서 동정심이 일었다.

삶을 살아내기 어렵겠다는 생각이 동기화된 듯하였다. 한편으로 인간을 무시하는 듯한 행동들, 특히 여성에 대해 아무렇게나 해도 괜찮다는 태도는 불쾌함을 넘어 역겨움을 불러일으켰다.

소설의 마지막 부분에 이르면 자신이 선택한 삶에 대해 완전히 인간이 아니게 됐다며 자신에게 인간 실격을 선언한다. 모든 인간은 자신의 삶을 선택할 권리를 무시한 극히 모순적인 인간 삶의 선택을 보여주었다.

결국, 우리 모두가 이방인

— 알베르 카뮈 『이방인』

주인공 뫼르소는 양로원으로부터 어머니가 돌아가셨다는 전보를 받는다. 장례식에 참석하러 간 뫼르소는 별다른 감정을 느끼지 못한다. 문지기가 어머니 얼굴을 한번 보겠느냐고 했으나 그만두겠다며 돌아가신 어머니의 얼굴을 보지 않는다.

장례식에는 그동안 같이 지내던 마을 사람들이 동행했다. 그중에는 우는 사람도 있었다. 그러나 뫼르소에게는 당번 간호사의 아름다운 목소리와 보도 위에 서 있던 마을 사람들, 관 위로 굴러 떨어지던 붉은 흙, 교회당 등만이 기억에 남았다.

장례식에서 돌아온 뫼르소는 주말인 것을 알고 해수욕장에 간다. 해수욕장에서 전에 같이 일을 했던 마리를 만나 함께 수영하고 저녁에는 영화를 본다. 영화를 보고 둘은 뫼르소의 집에서 함께 잔다. 마리가 돌아가고 뫼르소는 무료하게 일요일을 보낸다.

다음 날 출근해서 열심히 일을 하고 퇴근하여 집으로 들어가던 중 우연히 이웃에 사는 레몽을 만난다. 레몽은 자기 집에서 저녁을 같이 먹자고 제안하고 뫼르소는 좀 불편하겠다고 생각하지만, 초대에 응한다.

같이 저녁과 술을 마시고 나서 레몽은 뫼르소에게 자기 정부에게 편지를 써달라고 부탁한다. 레몽은 자기 정부가 돈만 가져가고 자기를 성의껏 대해주질 않아 혼을 내주고 싶다고 한다. 뫼르소는 그냥 되는 대로 편지를 써준다.

일주일 후 토요일에 뫼르소는 마리를 다시 만나 바닷가에서 놀다 집으로 오자마자 침대로 뛰어들었다. 다음 날 아침 마리가 집으로 가질 않아 점심을 같이 먹자고 하였다.

시장을 다녀오자 옆집 레몽의 집에서 여자의 비명이 들렸다. 얼마 지나지 않아 뫼르소와 마리는 레몽의 친구인 마송의 집으로 놀러 간다.

거기서 아랍인 무리를 만나는데 거기에는 레몽의 옛 여자의 오빠가 있었다. 무시하고 마송의 집에 가서 놀던 그들은 해변에서 아랍인 둘을 만나 싸움이 일어났고 레몽이 다친다.

싸움이 끝나고 뫼르소는 바닷가를 걷고 있었다. 거기서 레몽과 싸우던 아랍인을 만났고 햇볕의 뜨거움 속에 눈부신 빛의 칼날을 느끼며 아랍인을 권총으로 쏘아 죽인다.

그리고 쓰러진 몸뚱이에 네 발을 더 쏜다.

체포된 뫼르소는 여러 예심 판사들로부터 심문받는다. 예심 판사들을 만날 때마다 변호사를 대동했는데 매번 심문의 방식이 달라졌다.

11개월이나 계속된 예심을 치르고서 판사가 배웅할 때 "오늘은 끝났습니다. 반기독교인 양반." 하고 다정스럽게 이야기해주던 순간을 뫼르소는 즐겼다.

한번은 마리가 면회를 와서 석방되면 결혼하자고 한다. 그러나 뫼르소는 "글쎄." 하고 만다. 뫼르소는 교도소로 들어오면서 지니고 있던 것을 모두 뺏겼는데 그중에서도 담배 때문에 얼마간의 고통을 받기도 한다.

잠 또한 고통 거리였으나 시간이 지날수록 낮에도 잘 수 있게 되었다. 그렇게 교도소에서 빛과 어둠이 교차하는 시간은 흘러갔다.

또다시 여름이 다가왔을 때 또다시 법정에 나서게 되는데 변호사가 변론은 오래 걸리지 않을 거라고 한다. 그러나 법정에서는 아랍인 살해에 대해서 심문하지 않고 어머니의 장례식에 관련된 사람들을 불러 장례식에서의 뫼르소 태도에 대해서 심문한다.

또한 마리에게 뫼르소와 언제부터 관계를 시작했는지 심문한다. 마리는 질린 목소리로 사실들을 말한다.

"배심원 여러분, 이 사람은 어머니가 사망한 바로 그 다음 날에 해수욕하고, 부정한 관계를 맺기 시작하고, 희극영화를 보면서 시시덕거렸습니다. 저는 더 이상 할 말이 없습니다."

이후 검사는 뫼르소의 범죄에 대해 뫼르소를 손가락질하며 아주 흉악한 범죄라고 한다. 어머니의 장례식에서의 태도며 장례식 이후의 무질서한 행동들은 그것을 뒷받침한다고 했다.

그러면서 피고에 대해 사형을 요구하였다. 검사의 판결 주문이 끝나고 재판장이 뫼르소에게 할 말이 없느냐고 물었다. 뫼르소는 그것은 태양 때문이었다고 말했다.

결국 뫼르소는 여러 가지 일들이 덧붙여져 무자비한 인간으로 배심원들에게 각인되었고 사형선고를 받는다.

사형선고가 내려진 이후 뫼르소는 여러 가지 생각을 한다. 사람의 죽음에 대해 생각하고 아버지에 대해 생각한다. 그리고 새벽녘과 상고에 대해 생각한다.

그러나 결국 뫼르소는 상고를 자기 스스로 기각한다. 뫼르소는 죽을 수밖에 없는 것을 인정한다. 다른 사람들보다 먼저 죽는 것은 사실이지만 인생이 살 만한 가치가 없다는 것을 누구나가 알고 있다고 생각한다.

몇 번의 면회를 거절한 신부가 찾아온다. 신부는 하나님이 도와주실 것이라고 하며 인간의 심판은 아무것도 아니고 하나님의 심판이 전부라고 하였다.

뫼르소는 왜 그런지 모르게 신부에게 욕설을 퍼붓고 기도는 그만두라고 한다. 신부는 눈물이 고인 채 돌아간다. 뫼르소는 평안을 찾고 행복을 느끼며 마지막으로 모든 것이 완성되도록 사형 집행 시 구경꾼들이 증오의 함성으로 맞아주기를 바란다.

우리는 모두 이방인이 될 수밖에 없다. 주인공 뫼르소는 세상의 삶을 모두 무의미하게 느낀다. 어머니가 돌아가셨음에도 눈물을 흘리기보다 장례식에 대한 피곤함을 느낀다.

장례식 다음 날에는 예전에 약간의 설렘을 가지고 있던 마리를 만나 하루를 즐기고 저녁에는 집으로 데려가 관계를 갖는다. 그러면서 마리가 자신을 사랑하느냐고 물어보자 그런 것은 의미 없는 것이라고 한다.

뫼르소는 살인 또한 대수롭지 않게 여긴다. 뫼르소가 삶을 무의미하거나 대수롭지 않게 바라보는 것과 우리가 삶의 하나하나를 귀중하게 생각하는 것에는 그렇게 큰 차이가 있는 것은 아니다. 각자의 삶을 어떻게 해석하느냐의 개인적 분석일 뿐이다.

그러한 분석에 다른 사람의 생각이 개입할 수는 없다. 이렇게 우리는 같은 언어를 쓰면서도 개개인에게서 이방인일 수밖에 없는 것이다.

작가는 또 뫼르소를 통해 세상은 별다른 것이 없으며 죽음 또한 별다른 것이 아니라고 한다. 인간의 기본적인 자아를 인정하지 않고 있다.

인간은 누구에게나 원초적인 본능적 욕구가 있다. 그것이 먹고 사는 문제이든 인간과 인간의 문제이든 죽음에 관한 문제이든 인간의 내면에 존재하는 무의식이 인간의 삶을 지배한다. 그러한 정신세계를 작가는 뫼르소를 통해 무시하고 있다.

> ‘내가 살고 있는, 더 실감난달 것도 없는 세월 속에서 나에게 주어지는 것은 모두 다 그 바람이 불고 지나가면서 서로 아무 차이도 없는 것으로 만들어 버리는 것이다. 다른 사람들의 죽음, 어머니의 사랑, 그런 것이 무슨 의미가 있단 말인가! 너의 그 하나님, 사람들의 선택하는 생활, 사람들이 선택하는 숙명, 그런 것이 무슨 의미가 있단 말인가?’

주인공 뫼르소는 평범한 인간과는 거리가 멀었다. 살인죄로 기소되어 재판받으면서 자신에게 유리한 진술을 하지 않는다. 뫼르소는 줄곧 진실만을 이야기한다. 마지막 재판관의 질문에서도 자기가 살인하게 된 것은 태양 때문이었다고 한다.

그로 인해 배심원들에게 별것 아닌 일로 사람을 죽이는 사람으로 인식되기도 한다. 사형선고를 받고 상고를 스스로 포기하며 인생은 살 만한 가치가 없다는 것은 누구나 알고 있다고 한다. 한 개인의 자아가 파괴된 듯한 느낌이다.

> '그래 나는 죽을 수밖에 없는 거다.' 다른 사람들보다 먼저 죽는 것은 사실이겠지만 그러나 인생이 살 만한 가치가 없다는 것은 누구나 알고 있다. 결국 서른 살에 죽든지 예순 살에 죽든지 별로 다름이 없다는 것을 나도 모르는 바 아니었다.

또한, 주인공 뫼르소는 죽음 가까이에서 해방감을 느끼며 행복감을 느낀다. 그러면서 마지막으로 자기가 사형 집행을 받는 날 많은 구경꾼이 증오하는 함성으로 맞아주기를 희망한다.

인간의 무의식에서 올라오는 삶에 대한 희망을 완전히 배제한다. 여기에 소멸에 대한 두려움은 느껴지지 않는다. 작가는 인간의 삶은 무의미하다는 것을 간접적으로 이야기한다.

금욕적 사랑과 사람에 대한 도덕적 편견

— 앙드레 지드 『좁은 문』

제롬은 열두 살도 채 못되어 아버지가 돌아가시고 어머니와 함께 파리로 와서 살게 된다. 제롬에게는 외삼촌 뷔콜렝과 이모 플랑티에가 있었다. 뷔콜렝의 아이들은 로베르와 줄리에트 그리고 알리사가 있었다. 그중 줄리에트가 가장 예뻤으며 제롬은 알리사를 사랑한다.

어느 날 제롬은 알리사를 놀라게 해주려고 집으로 간다. 거기서 외숙모의 외도를 목격한다. 알리사는 눈물을 흘리면서 제롬에게 아무에게도 말하지 말라고 한다.

> 알리사는 복음서에 나오는 그 값진 진주와 같았고, 나는 진주를 얻기 위해 자기가 소유한 모든 것을 팔아버

리는 장사치였다. 아직 어린 나이에 사랑에 관해 이야기하고, 게다가 사촌 누이에 대해 느끼는 감정을 그렇게 부른다 해서 큰 잘못이 되는 것일까?

제롬이 알리사가 자기를 사랑한다는 사실을 한순간도 의심하지 않던 어느 날 어머니가 돌아가셨다. 어머니가 돌아가시고 제롬은 퐁괴즈마르에 거주하며 이모와 외삼촌의 도움으로 살아간다.

이후 제롬은 알리사와 약혼하고 싶었으나 알리사는, 언제나 너를 사랑하지만 약혼은 하지 말자고 한다.

제롬보다 두 살이 많은 아벨이 군대에서 제대하고 알리사에게서 편지를 받는다. 편지 내용 중에 '너를 사랑하기를 그만둔다는 것을 나는 정녕 할 수 없으리라는 걸 잘 알고 있기 때문이야.'라는 문장이 이상하다고 생각한 제롬은 형이랑 퐁괴즈마르에 간다. 알리사는 자기가 한 말을 잘못 해석했다며 책망하는 투로 말한다. 그러면서 제롬을 사랑하는 것은 의심할 여지가 없다고 말한다.

아벨은 알리사의 동생 줄리에트와 만나고 나서 그녀를 사랑하게 되었다고 한다. 제롬과 아벨은 다시 공부에 열중하다 크리스마스가 되어 이모 집에 간다. 이모는 제롬에게 알리사와 왜 약혼하지 않느냐고 물어본다. 제롬은 제대로 대답하지 않았다. 이후 이모가 알리사와 만나 얘기한 내용을 제롬에게 알려준다.

그것은 알리사의 생각에는 자기가 제롬과 어울릴지 걱정되며 나이도 많다면서 오히려 줄리에트 나이 또래의 여자가 바람직하다는 것이었다. 그 와중에 줄리에트는 제롬에게 사랑한다고 고백한다. 아벨 또한 이 사실을 알게 된다.

제롬과 아벨이 손님이 있는 곳으로 돌아오는 데 거기서 줄리에트가 마음에 없는 사람의 청혼을 받아들이고 실신한다. 제롬과 아벨은 갈 곳 없이 어둠 속을 오랫동안 돌아다닌다.

다음날 제롬은 알리사를 만나려 하였으나 알리사는 이모를 통해 편지만 전해주고 만나지 않는다. 이후에도 계속 편지만 주고받는다. 제롬이 군대에 갔을 때도 계속해서 편지를 주고받는다.

제롬이 제대를 하고 알리사를 만났을 때 제롬은 둔해지고 무거워진 느낌이 들었다. 또한 알리사의 옛 모습을 찾아볼 수 없지 않을까 하는 두려움으로 제대로 바라보지 못한다. 서로가 서먹한 상태로 만남이 이어지다 제롬은 파리로 돌아와 알리사의 편지를 받고는 상처받는다.

'제롬 얼마나 서글픈 재회였는지! 그렇게 된 잘못을 너는 남에게 돌리는 듯이 보였지만, 네 자신도 꼭 그렇다고는 확신하지 못했을 거야. 이제 나는 앞으로도 언제나 그러리라는 생각이 들어. 아! 제발, 다시는 만나지 말자꾸나!'

…

> 우리가 편지를 주고받는 일이란 결국 하나의 커다란 환경에 지나지 않으며, 슬프게도 저마다 자기 자신에게만 편지를 썼다는 것.

얼마 후에 다시 만난 알리사는 제롬을 선뜻 맞아주지 않았다. 제롬은 알리사에게 네가 좋아하지 않는다면 떠나겠다고 하며 신호를 만들자고 한다. 알리사는 식사하러 내려갈 때 자수정 십자가를 달지 않으면 떠나라는 표시라고 알려준다.

며칠이 지난 어느 날 저녁 알리사는 자수정 십자가를 달지 않고 나타났다. 제롬은 약속을 지켜 다음 날 동이 트자 길을 떠난다. 다음 날 알리사의 편지를 받는데 거기에는 제롬이 떠난 것을 원망하는 내용과 떠나줘서 고맙다는 내용이 혼재되어 있었다.

몇 개월 뒤 다시 만난 알리사는 제롬을 퉁명스럽게 대한다. 어느 날 알리사는 자기가 제롬보다 나이가 많다는 것을 다시 얘기한다. 제롬은 알리사에 대한 사랑에 혼란스러워하던 중 아테네 학원의 추천을 받고 입학을 승낙한다.

> 다시 그녀와 함께 있으려던 그 미덕에 대한 헌신적인 노력도 이제는 얼마나 어리석고 꿈 같은 것으로 생각되는 것인가? 조금만 긍지가 덜했던들 우리의 사랑은 힘

들지 않았을 것이다. 그러나 대상을 읽은 사랑에 집착한다는 것은 이제부터는 무엇을 의미하는 것일까?

3년 뒤 제롬은 외삼촌의 죽음으로 알리사를 다시 만나게 된다. 알리사는 자수정 목걸이를 제롬에게 주면서 나중에 태어날 딸에게 자기를 위한 기념으로 간직해 달라고 한다. 그러나 제롬은 받기를 거절한다.

이후 제롬은 줄리에트에게 언니를 돌봐달라는 편지를 쓴다. 한 달이 채 못되어 줄리에트에게 편지가 오는데 거기에는 알리사가 조그만 요양원에서 사망했다는 내용이 적혀 있었다.

알리사는 죽으면서 제롬에게 자신의 일기장을 남겼는데, 일기장에는 제롬과의 사랑에 대한 감정과 주님에 대한 기도가 쓰여져 있었다.

『좁은 문』은 성경 마태복음서에 나오는 구절로 생명으로 인도하는 문을 일컫는다. 작가는 닥쳐올 시련을 극복하고 본인이 감수해야 할 시련을 알리사를 통해 나타내고자 했던 것은 아닐까? 알리사의 우유부단한 성격이 사랑하는 사람에 대한 좁은 문으로 이어진 것은 아닐까?

좁은 문으로 들어가기를 힘쓰라. 멸망으로 인도하는 문은 크고 그 길이 넓어 그리로 들어가는 자가 많고, 생명으로 인도하는 문은 좁고 협착하여 찾는 이가 적음이라.

소설은 알리사의 생각을 공유하고 알리사의 행동을 보면서 물음표를 수없이 던져야 했다. 자신이 그 사람을 사랑하는지조차도 확실치 않다. 사랑한다고 하면서 헤어지자고 한다. 그것은 자신의 순결을 위한 것도 아니며, 상대를 위한 배려는 완전히 배제된 행동들이다.

작가는 왜 독자들에게 답답함과 안타까움이 일어나게 한 것일까? 소설의 마지막 장을 넘기면서까지도 의문은 오히려 증폭되었다.

시간의 전개 또한 종잡을 수 없다. 12살 남짓한 소년이 자기보다 나이가 많은 사촌누이를 사랑한다. 그런 그들을 이모와 외삼촌은 축복으로 생각하며 약혼할 것을 권한다. 그런 중에 소설 속 시간의 흐름은 멈춰있다.

공간의 사용 또한 의문투성이다. 주인공이 파리에 있는 것으로 인식하고 읽다 보면 어느 틈에 풍괴즈마르에 있다. 떠나려는 곳이 어딘지 또 돌아오는 곳은 어딘지 공간의 구분이 이루어지지 않고 있다. 그러다 보니 소설 속 등장인물들이 같은 공간에 거주하는 듯한 느낌을 받는다.

알리사의 제롬에 대한 사랑은 혼자만의 따뜻함과 애절함이 있다. 반면 상대방에 대한 배척과 분노가 공존한다. 사랑에 대한 소유도 존재한다.

> "내가 네 것이 되고 난 다음 내가 너를 기쁘게 하지 못하게라도 된다면, 훗날 나는 고통스러울 거야."

인간은 죽음에서 벗어나기 위해 문화를 만들고 함께 생활하는 사회를 만들었다. 사회가 만들어지는 여러 가지 활동 중에 남녀 간의 사랑은 꽤 큰 비중을 차지한다.

세월이 변화함에 따라 사랑에 대한 문화 형태도 변화해 왔다. 근친 간의 사랑이 아름다웠던 시대도 있었다. 일부다처제나 일처다부제가 아름다운 시대도 있었다. 그러나 변하지 않은 것도 있다. 그것은 소유욕이다.

사람이 싸우는 원인이 되는 것이 바로 소유욕이다. 모든 문제는 소유욕으로부터 발생한다. 남녀 간의 사랑 또한 마찬가지이다. 사랑하니까 너는 이제 내 것이야 하는 인식이 서로의 불편함으로 다가온다.

행복은 배려로부터 파생된다. 그것이 남녀 간의 사랑이든 가족 간의 사랑이든 아니면 생활 속에서의 인간관계이든 배려는 행복을 가져온다.

알리사는 배려보다는 자신의 종교적 신앙으로 도덕적 편견을 택했다. 주님께 자신의 사랑에 대해 기도하며 제롬에게는 상처를 준다. 사랑하는 마음이 클수록 금욕주의적 이상을 택한다.

알리사는 제롬을 사랑하면서 밀어낸다. 어머니의 부정한 행동에서 발생한 트라우마일 수도 있다. 또한 그렇게 행동함으로써 순결함을 보여주려 한 것일 수도 있다. 한편 작가의 자란 환경이 반영된 것일 수도 있다.

작가 앙드레 지드는 어린 나이에 아버지가 돌아가셨고 독실한 개신교 신자였던 어머니 밑에서 자랐다. 그런 영향으로 지드의 작품은 절제적이고 종교적인 성향이 짙게 나타난다.

빗나간 사랑에 대한 죄의식은 인간의 숨겨진 의식

— 너새니얼 호손 『주홍 글씨』

200여 년 전 어느 여름날 아침 프리즌 레인에 있는 감옥 앞에 꽤 많은 보스턴 시민이 모였다. 그들은 간통이라는 죄를 짓고 형벌을 받게 된 헤스터 프린을 보기 위해 모인 것이다.

옥문이 열리고 헤스터 프린이 걸어 나왔다. 헤스터 프린은 화려한 옷차림에 아이를 안고 있었다. 그녀의 가슴 위에는 주홍 글씨로 된 A자가 찬란하게 수 놓여 있었다. 헤리스 프린은 감옥에서부터 장터에 있는 처형대까지 걸어가며 사람들로부터 조롱받는다.

헤리스 프린이 처형대에 서 있을 때 지나던 키가 작고 얼굴에 주름이 있는 길손이 마을 사람에게 무슨 일이냐고 물어보았다. 마을 사람들은 헤스터 프린이 딤즈데일 목사의 교회에서 추문을 일으켰다고 알려준다. 이후 윌슨 목사가 헤스터 프린을 심문하였지만, 헤스터 프린은 아이의 아버지가 누구인지 밝히질 않는다.

감옥으로 돌아온 헤스터 프린은 발작이 일어난 것처럼 행동한다. 아이 또한 의사가 필요했다. 간수를 따라 기이한 모습의 인물이 나타난다. 그의 이름은 로저 칠링워드라고 했다. 그는 기독교식 인술에도 능하고 원주민들의 의료법에도 정통한 사람이었다.

그는 헤스터 프린이 처형대에 있을 때 지나던 길손이었으며 헤스터 프린의 남편이었다. 헤스터와 아이에게 약을 먹이고 나서 로저 칠링워드는 헤스터에게 복수를 하겠다며 남자의 이름을 물었으나 헤스터는 비밀을 지킬 수밖에 없다고 말한다.

헤스터 프린은 구금 기간이 끝나 감옥에서 나와 버려진 초가집에서 살면서 바느질 일을 한다. 가슴에는 항상 주홍 글씨를 붙이고 사랑하는 딸 펄과 함께 어렵게 살아간다.

어느 날 헤스터 프린은 딸 펄과 함께 벨링엄 장관의 저택을 찾아간다. 장관의 주문으로 만든 장갑을 전해주고 아이와 함께 살 수 있는지에 대해 의논하고 싶어서였다. 벨링엄 장관은 목사 두 명과 의사 한 명이 같이 있었다. 장관은 헤스터 프린의 주홍 글씨에 시선을 고정하고 아이를 자신들에게 맡겨야 한다고 한다.

> "우리들이 제일 중요시하는 점은 과연 권위 있고 영향력 있는 우리들이 저 아이와 같은 인간의 영혼을 세상의 유혹에 걸려 넘어진 자의 지도에 맡기는 것이 과연

양심껏 하는 일이냐 하는 거요."

헤스터 프린은 주홍 글씨가 본인에게는 유익하지 않을 지 몰라도 아이만은 현명하게 그리고 착하게 만들어줄 교훈을 가르쳐 준다고 하였다. 그러면서 젊은 딤즈데일 목사에게 당신은 나의 목사였으니 나를 위해 말을 해 달라고 부탁한다.

젊은 목사는 하나님이 헤스터 프린에게 아이를 준 것이며 하나님의 섭리가 적합하다고 판단한다며 헤스터를 변호한다, 그렇게 헤스터는 펄을 지킬 수 있었다.

시간이 지나면서 로저 칠링워드는 청교도 읍내에서 의약과 수술에 능한 의사로 인정받는다. 이 무렵 딤즈데일 목사의 건강이 눈에 띄게 악화 되었다. 모두가 의사 칠링워드의 치료를 받으라고 권고하지만 젊은 목사는 이를 거절한다.

여러 논의 끝에 로저 칠링워드가 딤즈데일 목사의 주치의가 된다. 그들은 서로 많은 시간을 함께 보내다 병이 악화되면서 같이 생활하게 된다.

같이 생활하면서 의사는 젊은 목사에 대한 숨겨진 비밀을 캐려고 노력한다. 의사가 젊은 목사에게 당신의 병은 알 수 없는 영혼의 병이라고 하자 젊은 목사는 펄쩍 뛰며 놀란다.

딤즈데일 목사의 밀실에는 피가 묻은 채찍이 있었다. 목사는 종종 이 채찍으로 자신을 때리고 비웃었다. 흐린 등잔불 아래서 고

행하고 금식했다.

5월 초순 어느 날 딤즈데일 목사는 어두운 밤 몽유병 환자처럼 7년 전 헤스터 프린이 서 있던 처형대로 왔다. 처형대에 오른 목사는 가슴에 주홍빛 표시가 있는 것 같은 무서운 생각에 비명을 지른다. 목사는 거기서 커다란 A자가 하늘에 나타난 것을 본다.

그러던 중 위드롭 장관의 임종을 보고 돌아가는 헤스터와 펄을 만나게 된다. 셋이 처형대에 올라 있을 때 칠링워드가 나타나 목사를 안정시키고 집으로 데리고 간다.

헤스터 프린은 칠링워드가 정체를 숨기고 목사의 죄를 캐내어 복수하려는 일을 알게 된다. 헤스터는 목사를 찾아가 로저 칠링워드가 사실 자기 남편이며 복수하려고 한다는 것을 알려준다. 목사는 당황했다. 헤스터는 침착하게 목사에게 모든 것을 버리고 이곳을 떠나 새롭게 시작하자고 한다.

헤스터 프린을 만나고 온 딤즈데일 목사는 환자가 아닌 사람처럼 행동한다. 그러면서 방탕한 행동들을 하고 싶어지는 것을 억제해야만 했다.

둘이 배를 타기로 한 날 헤스터는 선장을 만나 로저 칠링워드가 같이 배를 탄다는 얘기를 듣고 놀란다. 또한 펄을 통해 선장이 전한 말을 들은 헤스터는 매우 당황해 한다.

선장이 전한 말은 로저 칠링워드가 목사와 같이 배를 탈 것이며 헤스터는 자신과 펄만 걱정하라는 것이었다.

한편, 뉴잉글랜드의 경축일에 연설을 마치고 거리를 행진하던 딤즈데일 목사는 처형대에 이르자 멈추어서 처형대 옆에 있던 헤스터 프린의 부축을 받으며 처형대에 오른다.

처형대에 오른 딤즈데일 목사는 그동안 자신이 저지른 죄를 모든 시민이 보는 앞에서 고백한다. 그리고 편안히 죽음을 맞이한다.

여성들에게 남성들의 모습은 어떻게 비칠까? 남성들에게 여성들의 모습은 어떻게 비칠까? 소설 주홍 글씨는 시대를 배경으로 한 윤리의식 이야기를 하고 있다.

간통한 여성 헤스터 프린에게 평생 가슴에 주홍 글씨를 달게 하여 범죄를 한 여성으로 낙인을 찍어 살아가게 한다. 여기서 죄지은 여성의 모습은 겉으로 드러내 놓고 비판하고 모욕을 주고 손가락질한다. 그러나 죄지은 남성의 모습은 숨겨두고 오히려 사람들로부터 보호되어야 하는 대상으로 비친다.

> 남자나 여자나 마찬가지로 사색하는 버릇이 붙으면 조용하기는 하겠지만 슬퍼지는 법이다. 헤스터는 자기 앞에 놓인 임무가 불가능하다고 느꼈다. 첫 단계로 사회

의 제도 전체를 헐어버리고 다시 지어야만 했다.

여성이 공정하고 적합한 지위를 차지하려면 남성의 성격 자체요 원칙처럼 되어버린, 전해 내려오는 관습이 근본적으로 개정되어야만 했다.

죄를 지은 딤즈데일 목사는 시민들로부터 칭송받고 영예로운 일까지 맡게 된다. 드러나지 않은 죄에 대해 시민들은 헤스터 프린의 상대인 남성을 찾으려 하지 않는다.

다만 헤스터 프린의 전 남편만이 복수를 위해 목사의 죄에 대해 캐내려고 한다. 그러나 이마저도 목사 스스로 죄에 대해 반성하도록 시간을 주는 듯한 느낌을 준다. 그리고 딤즈데일 목사는 자기 잘못을 숨기려고 하지만 병이 들게 되고 가슴에 새겨진 글자를 만지듯 항상 자기 가슴에 손을 얹고 있다.

작가는 그 시대의 남녀의 시선과 시민들의 시선보다는 윤리의식을 저버린 죄인에 대한 벌과 함께 속죄하는 마음의 중요함을 말하고 있다.

삶은 복잡하다고 하나 살아가는 방식은 매우 단순하게 이루어진다. 그 삶을 이루어 가는 인간관계 또한 복잡한 듯 하나 매우 단순하다. 사회를 이루어 가기 위해 만들어진 제도 하에서의 삶은 복잡할 수도 있다.

그러나 사람 대부분은 사회를 이루고 있는 제도를 생각하며 살아가기보다는 자기 생각이 앞선 행동을 우선시하는 경향이 있다. 남녀관계도 마찬가지이다. 세상을 살아가면서 한 사람만을 사랑하며 살아왔다는 사람도 있을 것이다.

세상 사람들은 본인이 그렇게 얘기하니 믿어주는 척할 뿐이다. 남녀관계는 사회관계보다 더 많이 단순하다. 다만, 윤리의식에 따라 자제할 뿐이다.

한편, 7년 만에 둘이 만난 헤스터와 딤즈데일 목사는 서로의 모습을 낯설게 느끼고 영혼의 친교에도 익숙하지 못해 한다. 서로의 모습을 보며 무서워 한다. 인간의 본모습이 나타난 것이다.

인간은 가까운 곳에 있는 사람과 사랑한다. 멀어지면 마음도 멀어진다. 사랑하는 사람과 원하는 멀어짐이 아닌 타인에 의해 멀어짐은 큰 상처로 남는다.

인간으로 태어나 삶을 살아감에 있어 나 아닌 다른 누군가의 사랑에 대해서 관여해도 된다는 비상식적인 생각은 인류가 발전하며 기득권이 만들어낸 불편한 제도일 뿐이다.

소설의 마직만 부분에서는 헤스터 프린이 사랑을 헛되이 낭비했거나 사랑을 잘못했거나, 사랑으로 말미암아 죄를 짓는 시련을 겪는 여인들을 위해 진심으로 그들을 위로하고 충고해 준다.

이는 시민들 스스로 헤스터 프린이 속죄하는 마음으로 살아왔다는 것을 받아들인 것이다. 또한 헤스터가 자신과 같은 처지의 여성들을 진심으로 위로하는 것은 세상이 좀 더 성숙해지기를 바라는 것이다. 나아가 새로운 진리가 나타나 서로가 행복한 터전 위에서 남녀의 관계가 이루어지기를 바라는 것이다.

브라질 작가 파울로 코엘료의 소설 『11분』에서는 가면 속에 감춰진 남자들의 모습을 그리고 있다. 주인공 마리아를 통해 본 남성들의 모습은 불쌍했다. 그들은 때로는 슬프고 때로는 힘겨워하고 있다. 그들은 섹스를 통한 행동보다는 이야기를 통해 공감하고자 한다.

삶은 단순하게 이루어져 있다. 그러나 사람들은 단순하면서도 무엇인지 모르는 것을 찾아 헤매고 있다. 우리가 살아가는 삶에 대해 공감하고자 한다.

어른의 세계로 들어가지 않으려 버티는 소년

— J.D. 샐린저 『호밀밭의 파수꾼』

홀든은 펜시고등학교를 다니다 네 과목을 F학점 받고 퇴학당한다. 더구나 홀든은 학업에 열중할 의욕도 전혀 없다. 12월 지독히 추운 어느 날 홀든은 스펜서 선생집에 방문한다.

스펜서 선생은 펜시 고등학교에서 역사를 가르치고 있는 선생이다. 스펜서 선생은 홀든이 성적 불량으로 퇴학당하는 것에 대해 미래까지 걱정하며 장황하게 이야기한다. 홀든은 펜싱 장비를 가지러 체육관에 간다고 거짓말을 하고 빠져나온다.

홀든은 기숙사에 거주하고 있다. 퇴학 당했지만 학교에서 집으로 퇴학 통보를 하기 전까지는 집으로 갈 생각이 없다. 홀든은 고등학생이면서 기숙사 내에서 담배를 피우는 불량 학생이며 무식했다.

그러나 책을 좋아해 책을 많이 읽었다. 좋아하는 작가로는 친형 D.B와 링 라드너이다. 고전과 전쟁물이나 미스터리도 많이 읽었다. 그래서 다른 과목에 비해 영어 점수는 항상 좋았다. 홀든의 친구 스트라드레이터는 영어 작문을 부탁하기도 한다.

이후 홀든은 스트라드레이터와 영어 작문 문제로 심하게 싸우고 그날 밤 기숙사를 나와 기차를 탔다. 기숙사를 나오면서 돈을 헤아려 보니 꽤 많은 돈을 가지고 있었다. 1년에 4번이나 생일을 축하한다며 돈을 보내주는 할머니 덕분이었다.

펜 역에 내려서 공중전화에서 어디에 전화할지 망설이며 20분을 보내고 나서 택시를 탔다. 2, 3일 호텔에서 휴가를 즐길 생각으로 에드몬트호텔에 머물기로 한다.

호텔에 도착한 홀든은 여자친구에게 전화할까 하다 매춘부는 아니지만 그런 일도 하는 여자에게 전화한다. 여자는 만남을 거절한다.

다음날 호텔 로비로 내려간 홀든은 술을 시키려 하다가 나이가 어리다는 이유로 거절당한다. 그리곤 시애틀에서 온 여자 3명과 어울려 놀게 되는데 홀든은 콜라밖에 먹을 수가 없었다. 콜라만 마신다고 놀림을 당하면서도 3명과 번갈아 가며 춤을 춘다.

그녀들 대신 술값을 계산한 후 호텔 로비에서 예전에 포옹할 뻔했었던 제인을 생각하다 택시를 타고 클럽으로 간다.

클럽에는 고등학생과 대학생들로 붐볐다. 홀든은 혼자서 술을 마시며 옆자리에서 들려오는 얘기에 귀를 기울이고 있었다. 그때 전에 형이 잠시 데리고 다니던 여자가 해군 장교와 함께 와서 아는 체를 하였다. 몇 마디 대화하다 기분이 나빠진 홀든은 그곳을 나와 호텔로 돌아온다.

호텔에 돌아와 엘리베이터를 타자 엘리베이터 보이가 여자가 필요하냐고 물어보았다. 짧은 건 5달러이고 긴 밤은 15달러라는 말을 덧붙였다. 홀든은 짧은 시간이라고 대답하고 호텔 번호를 보여주었다.

방에 도착한 홀든은 약간 불안감을 느꼈다. 지금까지 몇 번 할 뻔한 적은 있어도 진짜로 한 적은 한 번도 없었기 때문이다. 창녀가 들어와 계속 시간을 물어보았다. 홀든은 이상하게 흥분이 되지 않고 우울해졌다. 홀든은 얘기를 하고 싶었으나 여자는 빨리 하라고 재촉했다.

결국 관계하지 못하고 여자를 돌려보냈다. 새벽이 되자 엘리베이터 보이와 여자가 찾아왔다. 짧은 시간은 10달러라고 얘기했다며 5달러를 더 내라고 하였다. 홀든이 버티자 주먹질하고 지갑에서 5달러를 가져갔다.

이후 홀든은 여자친구 샐리를 만나 연극을 보고 스케이트를 타며 데이트를 즐긴다. 샐리와 헤어진 후 저녁이 되자 홀든은 전화번호를 뒤져 같이 시간을 보내줄 사람을 찾았으나 전화번호에는 세 명밖에 없었다.

결국 친구 루스에게 전화해 술집에서 만나서 술을 마시고 담배를 피우고 소득 없는 얘기를 하다 헤어진다. 루스와 헤어진 후 홀든은 계속 술을 마셔 지독히 취한다.

취한 채로 거리를 걷다가 불빛이 있는 공원에 앉았다. 수중에 남아 있는 돈을 세어보니 얼마 남지 않았다. 펜시를 떠나 많은 돈을 탕진한 것이다. 홀든은 집으로 돌아가 사랑하는 동생 피비를 한번 만나야겠다고 생각했다.

몰래 집으로 돌아온 홀든은 부모님이 외출 중인 것을 알고 안심한다. 자고 있던 피비가 오빠를 반갑게 맞아준다. 그러나 예정보다 일찍 돌아온 것을 안 피비는 홀든이 또 퇴학당한 것을 눈치챈다.

> "좋아하지 않으니까 그렇지. 오빠는 어느 학교든 다 싫어해. 오빠가 싫어하는 것은 백만 가지는 될 거야. 그냥 싫어하고 있어."

피비는 홀든에게 좋아하는 것이 한 가지라도 있느냐고 묻는다. 그리고 지저분한 말씨 좀 쓰지 말라고 한다. 또 되고 싶은 것이 무엇인지 묻기도 한다.

홀든은 잠깐 생각을 하고는 바보같은 짓인 줄을 알고 있지만 호밀밭의 파수꾼이 되고 싶다고 한다.

"어쨌거나 나는 넓은 호밀밭 같은 데서 조그만 어린애들이 어떤 놀이를 하고 있는 것을 항상 눈앞에 그려본단 말야. 몇천 명의 아이들이 있을 뿐 주위에 어른이라고 나밖엔 아무도 없어. 나는 아득한 낭떠러지 옆에 서 있는 거야. 내가 하는 일은 누구든지 낭떠러지에서 떨어질 것 같으면 얼른 가서 붙잡아주는 거지. 애들이란 달릴 때는 저희가 어디로 달리고 있는지 모르잖아? 그런 때 내가 어딘가에서 나타나 그 애를 붙잡아야 하는 거야. 하루 종일 그 일만 하면 돼. 이를테면 호밀밭의 파수꾼이 되는 거야."

홀든은 피비와 춤을 추고 담배를 피우고 있었다. 그때 부모님이 들어오는 소리가 들렸다. 홀든은 담배를 끄고 옷장에 숨었다. 엄마가 피비의 방에 들어와 피비에게 담배를 피웠느냐고 물었고 피비는 장난으로 했다가 바로 버렸다고 했다. 엄마가 나가고 홀든은 몰래 나와 다시 집에서 나온다.

집을 나온 홀든은 앤톨리니 선생댁에 들렀다가 학교 교육에 대해 잠깐 얘기하고 다시 나와 거리를 돌아다닌다. 어느 순간 홀든의 몸은 자꾸만 아래로 곤두박질치고 온몸이 땀으로 범벅이 되었다. 술과 담배 그리고 추위에 시달린 게 원인이었다.

홀든은 여행을 떠나기로 결심하고 떠나기 전에 동생 피비를 만난다. 피비는 오빠를 따라가겠다고 했다. 홀든이 안된다고 하자 피비는 울기 시작했다. 한참을 울며 학교에도 가지 않겠다고 했다. 홀든은 떠나지 않을 테니 울지 말라고 한다. 그래도 피비는 홀든에게 화가 잔뜩 나 있었다.

홀든은 피비를 동물원에 데리고 가 회전목마를 태워준다. 피비는 화가 풀리고 홀든에게 떠나지 않을 거냐고 물어본다. 홀든은 떠나지 않겠다고 하였다. 실제로 그럴 생각이었다.

학창시절 아무 이유 없이 반항심이 생기곤 하던 때가 있었다. 하고 싶은 것이 너무 많은데 할 수 없던 때도 있었다. 집안 형편으로는 고등학교를 진학할 수 없어 집에서는 진학 대신 취업을 원했다. 그런 사정들이 반항심으로 나타났고 꼭 진학하고 싶다는 욕망으로 표출되었다.

내가 살던 도시에서 가장 괜찮다고 소문난 고등학교에 시험을 본 것이다. 진학 후 학업을 계속하기 위해 학비를 스스로 벌어야만 했다. 세상이 미웠다. 아니 돈이 없던 아버지가 미웠는지도 모르겠다. 집을 나와 자취를 시작했다. 아버지는 말이 없었다.

삶을 살아가다 보면 모든 것에 때가 있다. 배워야 할 때, 놀아야 할 때, 반항할 때, 인정할 때, 하고 싶은 것들을 해야 할 때, 가끔은 참아야 할 때 등등 삶이 지나는 시기에 맞춰 해야 할 것들이 있다. 학창시절 유행에 따라 머리모양과 옷 모양을 변화시키는 것도 필요하다.

남학생과 여학생의 가슴 뛰는 미팅도 필요하다. 가끔은 부모님에게 반항할 수도 있어야 한다. 특히 그 시절 그 시간이 지나면 할 수 없는 것들은 꼭 해보라고 권하고 싶다. 지나고 나면 할 수 없는 것들이 너무도 많다.

주인공 홀든은 어른이 되고 싶은 고등학생이다. 어디서든 어른처럼 행동하지만, 남들이 인정해주지 않는다. 담배를 피우고 술을 마시며 이미 어른이 된 듯 행동한다.

그러나 행동만 그럴 뿐 홀든의 마음은 어른이 되는 것에 대한 두려움이 함께 존재 한다. 여자 친구 등과 섹스할 기회는 있었지만 다른 누군가의 방해로 실제로는 할 수 없었다. 또한 창녀를 불러 놓고 고민하고 무서워한다. 그러면서 섹스보다는 대화하길 원한다.

또한 여성을 대하는 태도에서 모순을 보이기도 한다. 그것은 어른이 아니면서 어른처럼 생각하는 것이다. 그러나 그것은 어른의 생각이기보다 고등학생다운 생각이다.

"여자란 바로 그런 것이다. 여자들이 무엇인가 예쁜 짓을 하면 별로 볼품이 없거나 바보 같은 것이라도 남자는 그만 그녀에게 반쯤 미치게 된다. 그렇게 되면 그 다음부터는 뭐가 뭔지 모르게 되는 법이다. 여자라는 것, 제기랄! 사람을 미치게 만드는 족속들이란 말이지."

홀든은 또 아이들의 마음을 지키고 싶어 한다. 동생 피비가 다니는 학교 벽면에 쓰인 외설스러운 욕설을 아이들이 보지 못하도록 지운다. 피비의 순수한 마음에 빠져들기도 한다.

피비와의 대화에서 홀든은 호밀밭의 파수꾼이 되고 싶다고 한다. 호밀밭에서 놀고 있는 몇천 명의 아이들 주위에 어른이라곤 홀든 혼자밖에 없다. 거기서 홀든이 하는 일은 아득한 낭떠러지 옆에 서서 아이들이 낭떠러지에서 떨어지지 않게 잡아 주는 것이다.

작가의 관점에서 바라보면 또 다른 모습의 얘기가 들려온다. 그것은 홀든을 통해서 어른들이 쾌락에 빠지는 행동을 고발하는 얘기다. 해야 하는 일들을 하진 않고 어떻게 하면 여자와 섹스를 할 수 있는지만을 생각하는 어른을 고발하고 있다.

무엇보다 그들은 약간 취해 있었다. 그런데 남자 놈이 무슨 짓을 하고 있었느냐 하면 테이블 밑으로 그녀의 것을 만지고 있었던 것이다. 그러면서 자기 기숙사에 있는 어느 남학생이 아스피린을 한 병 다 먹고 자살하려고 했다는 이야기를 하고 있었다. 여자를 만지작거리면서 동시에 자살하는 사람 이야기를 하고 있는 꼴을! 나는 두 손 들고 말았다.

작가는 또한 어른들의 쾌락뿐만 아니라 세상을 고발하고 있다. 학교 선생들이란 무엇이든 그대로 밀고 나간다. 세상은 허위와 가식으로 가득 차 있다. 홀든 자신도 지독한 거짓말쟁이라고 고백한다.

홀든은 공원 호수에서 놀던 오리들은 겨울에 호수가 얼면 어디로 가는지 궁금해한다. 그래서 어른을 만날 때마다 질문하지만 아무도 오리에게 관심이 없다. 이것은 약자에 관한 관심 없음을 고발하고 있다.

순수함을 잃어버린 세상은 어른의 세상이다. 아이들의 세상은 순수함. 자체이다. 그래서 작가는 홀든을 통해 아이들의 순수함을 지켜야 한다고 얘기하고 있다.

한 생명을 죽음으로 몰아간 비정한 현실과 욕망

— 헤르만 헤세 『수레바퀴 아래서』

중개업과 대리업을 겸하는 요제프 기벤라트는 자기보다 가난한 사람은 가난뱅이, 자기보다 돈이 많은 사람은 졸부라고 욕한다. 요제프에게는 한스라는 아들이 있다.

한스는 유전적으로 아버지나 어머니를 닮았다기보다는 시골 마을에 신비로운 불꽃이 하늘에서 떨어진 것처럼 특별한 아이였다. 어머니는 일찍 돌아가셨고 홀아버지 아래서 자란 한스는 비상한 두뇌를 가지고 있었다.

선생이나 교장, 이웃 사람, 읍내 목사, 동급생 모두 한스가 특별한 존재란 것을 인정하며 신학교에 들어가는 그것에 의심하지 않았다.

한스는 작은 시골 마을에서 신학교에 들어갈 시험에 응시할 단한 사람이었다. 한스 주변 사람들은 한스에게 열심히 공부할 것을 강요하며 모두가 나서서 시험 준비를 하도록 도와준다. 그런 상황들이 한스에게는 큰 부담으로 다가온다.

드디어 시험을 보기 위해 슈투트가르트로에 도착하여 라틴어와 그리스어 등의 시험을 보고 집으로 돌아온다. 이후 학교로 합격 통보가 오고 한스는 2등으로 합격한다. 방학이 되고 한스는 좋아하는 낚시를 마음껏 즐긴다.

학교는 언덕과 숲에 감춰져 속세를 떠난 듯한 수도원을 신학교로 쓰고 있었다. 입학 후 학생들은 기숙사를 배정하여 생활하였다. 한스는 9명과 함께 생활하였다.

몇 개월이 지나고 한스는 아주 특별한 인간이자 몽상가인 하일러와 친하게 된다. 학생들은 차차 공동생활에 순응해 갔다. 하일러는 천재라는 조롱 섞인 평판을 듣는 데 반해 한스는 모범생이라는 평판을 듣는다.

하일러와 한스의 우정은 색다른 데가 있었다. 하일러에게는 그것이 오락이자 사치였으나 한스에게는 자랑스러운 보물이었으며 때로는 커다란 짐이기도 했다.

한스가 공부할 때 하일러가 달려와 책을 빼앗고 놀아달라고 요구하는 일도 있었다. 하일러는 또 한스의 공부에 대한 성실함을 공격하기도 했다.

"그거야 품팔이꾼이나 할 짓이지. 너는 어떤 공부든지 좋아서 자진해서 하는 게 아니야. 단지 선생들이나 네 아버지가 무섭기 때문이지. 1등이나 2등이 되면 뭐하니? 나는 20등이지만 그래도 너희 꽁생원들보다 어리석진 않아."

한스는 하일러와 친해지면 친해질수록 고뇌에 시달렸다. 하일러는 공부하는 한스를 꾀어 같이 놀기를 원했다. 한스는 하일러와 시간을 보낸 다음 겨우 시간을 얻어 공부했다.

그러나 공부는 차츰 어려워졌다. 한스가 우정에 열중하면 할수록 학교생활은 서먹해졌다. 선생들은 모범적이었던 한스가 수상쩍은 요주의 인물 하일러에게 물든 것을 보고 경악했다.

선생들은 한 명의 천재보다 열 명의 얼간이를 원할지도 모른다. 어떻게 생각하면 그것은 당연한 것이리라. 선생의 역할은 정상을 벗어난 인간이 아니라 라틴어를 잘하고 수학을 잘하는 꼼꼼한 인간을 만들어내는 것이기 때문이다.

한스의 성적이 떨어지자 교장은 한스에게 하일러를 멀리하라고 충고한다. 한스는 친구이기 때문에 그렇게 할 수는 없다고 한다.

시간이 지나면서 한스는 학교생활에 점점 소원해진다.

어느 날 하일러는 학교의 지시를 어긴 것에 대해 꾸짖는 교장과 심한 말다툼을 한 후 학교를 무단으로 이탈한다. 며칠 후 잡혀 온 하일러는 모두가 원하는 사과를 하지 않고 공손한 태도도 보이지 않는다.

결국 하일러는 퇴교 처분을 당한다. 하일러의 퇴교로 한스는 또 다시 두통이 시작되고 우울감에 빠진다. 한스의 병세가 심해지자 학교에서는 한스를 고향으로 내려보낸다.

집으로 돌아온 한스는 모두에게 버림받고 사랑받지 못할 것이라는 생각을 한다. 그리고 정원에서 햇볕을 쬐거나 숲속에서 몽상이나 잡념에 빠졌다. 그렇게 괴로움과 소외감 속에서 한스는 죽고 싶다고 생각한다.

허약해질대로 허약해진 한스는 마음을 뒤흔들었던 상념들이 차츰 누그러져 자살 기도를 스스로 그만두게 된 이후 흥분과 불안 상태에서 우울증에 빠진다.

한스는 가을 들판을 헤매고 다녔다. 그리고 온갖 죽어가는 식물들과 같이 죽고 싶다는 포로가 되었다. 그러나 그의 젊음이 그것을 거부하고 삶에 집착하게 만들어 더욱 괴로울 뿐이었다.

가을철 사과 수확이 한창이던 때 아버지는 한스에게 기계공을 해 볼 것을 권한다. 한스는 견습공이 된 친구 아우구스트에게 자신이 기계공이 되고 싶은데 어떻게 생각하느냐고 물어보았다. 아우구스트는 쉬운 일이 아니라며 한스가 허약체질인 것을 걱정했다.

한스는 기계공이 되고자 결심한다. 기계공의 일터로 들어가야 할 금요일이 되자 한스는 푸른 작업복을 입고 작업실로 들어간다.

기계공 작업은 한스가 견뎌내기 힘든 작업이었다. 오전 중에 두 손이 빨갛게 되어 쑤시기 시작하더니 저녁때는 부풀어 올라 무엇을 잡아도 아파서 견딜 수 없었다.

토요일은 더욱 나빴다. 두 손이 타는 듯 아팠고 커다란 물집이 생겼다. 저녁에 뒷정리하는데 아우구스트가 일요일에 몇몇 친구와 한 잔 할 거라며 한스에게 꼭 오라고 하였다.

일요일이 되어 한스는 아우구스트를 만나러 나갔다. 아우구스트는 다른 기계공 몇 명과 같이 있었다. 그들은 걸어서 시내로 들어가 오후 내내 술을 마셨다. 한스도 어느 정도 맥주를 마셔 취해 있었다.

저녁이 되어 한스는 다른 사람들이 술을 더 마시자고 하는 것을 뿌리치고 집으로 가겠다고 하였다. 혼자서 비틀거리며 어디로 가야 할지 헤매다 사과나무 아래 축축한 풀밭에 드러누웠다. 다음날 한낮이 되어 강물에 떠내려온 한스의 시신이 발견되었다.

소설 『수레바퀴 아래서』는 작가의 자전적 소설이다. 작가는 이미 5살 때부터 시를 만들어 즉흥적으로 노래하거나 흥얼거렸다고 한다. 또한 학교의 방침도 견딜 수가 없어 학교를 떠났고, 신경쇠약증에 걸리기도 했으며 자살까지 시도하기도 했다고 한다.

이러한 작가의 생활들은 소설 속 주인공 한스에게 고스란히 녹아들었다. 한스는 학교생활에 적응하지 못하고 스스로 그만둔다. 모두에게 버림받을 것을 고민하며 괴로움과 소외감 속에서 죽고 싶다고 생각한다.

소설은 청소년기에 자아 형성이 얼마나 중요한지를 말하고 있다. 특히 청소년기에 만나는 또 다른 자아에 따라 개인의 자아 형성에 미치는 영향이 매우 크다고 말하고 있다. 이는 작가 헤세의 소설 『데미안』에서도 볼 수 있는 현상이다.

『데미안』의 싱클레어는 데미안이란 자아를 만나 진정한 나를 찾는 여정을 거쳐 삶의 의미를 찾아간다. 『수레바퀴 아래서』의 한스는 특별한 인간이자 몽상가인 하일러와 친구가 된다.

하일러의 반항심은 한스에게 큰 영향을 불러온다. 한스는 그동안 아버지와 마을 사람들이 원하는 것을 거부하지 못하고 성실하게 지켜 왔던 터였다. 그런 한스에게 하일러의 반항심과 독특한 행동은 한스의 자아 형성에 혼란을 주었을 것이다.

결국 한스는 학업을 완수하지 못한다. 이처럼 청소년기의 자아 형성에 또 다른 자아를 만나는 것은 인간의 성격 형성에도 영향을 미칠 수 있다.

소설은 또 교육에 대한 어른들의 빗나간 생각도 지적하고 있다. 마을 사람들은 한스가 공부를 잘한다는 것을 알고 학교의 명예를 위해 신학교에 합격시키려고 무리한 공부를 주문하며 아버지 또한 자신의 명예를 위해 이들을 방치한다.

신학교 선생들도 학생들의 인간성보다는 라틴어를 잘하고 수학을 잘하는 꼼꼼한 인간을 만들어내는 것이었다.

교육은 현실에서도 많은 문제를 만들어내고 있다. 인류가 처음 탄생했을 시점에는 생존하는 방법과 효율적으로 먹거리를 채집하는 것이 교육의 의미였을 것이다.

간단한 언어를 사용하던 시절에는 함께 나누는 순박함이 있었다. 그러나 대화를 위한 언어를 만들면서 교육은 부귀영화를 위해 지식을 가르치고 배웠다. 더구나 오늘날에는 권모술수를 통한 부귀영화를 누리는 방법을 배우고 있는 안타까운 현실에 직면해 있다.

태어나 아이에서 어린이로, 청소년에서 어른으로 되어가는 과정에는 이미 성숙하지 않은 어른이 되어버린 아이들이 있다. 그들은 그들 나름대로 고민과 힘겨움으로 살아가며 노력하고 있다는 것을 깨달아야 한다.

자라나는 아이들과 같이 놀며 지낼 수는 없어도 같은 생각을 해

주어야 한다. 조금이나마 그들과 함께 하고자 하는 마음이 있어야 한다. 우리가 지나온 과거를 생각하면 결코 그 아이들에게 강압적인 주입식 교육은 하지 않을 것이다.

교육자는 모든 것을 이해하고 포용해야 한다. 우리가 흔히 간과하고 있는 것은, 특히 교육에 있어서 그러한 것은 배려심의 부족이다. "저 애는 왜 모든 것을 이해하지 못할까? 저 애는 왜 아무리 설명해도 잘 알지 못하는 것일까?" 무엇이 문제인지를 파악하고 대안을 찾기보다는 먼저 자기 생각에 다른 사람이 들어오지 못하도록 하는 데에서 문제가 발생한다.

내가 문학을 좋아한다고 해서 남들도 문학을 좋아하는 것은 아니다. 누구는 과학을, 누구는 철학을, 누구는 예술을 좋아해서 그들 나름대로 그 분야에서는 나보다 더 많은 것을 알고 있는 것이다. 내가 좋아하는 것이 문학이니까 너희들도 나를 따라서 문학을 좋아하고 그것을 연구하고 거기에 맞추어서 공부해야 한다는 논리는 극히 위험한 생각이다.

평범한 삶 속에서 희생당하는 여자의 일생

— 기 드 모파상 『여자의 일생』

수녀원 기숙 학교에서 나와 마침내 자유로운 몸이 된 잔느는 오래전부터 꿈꾸어 왔던 인생의 모든 행복을 얻을 수 있을 것 같아 잔뜩 부풀어 있었다.

잔느의 아버지는 딸을 행복하고 착하고 올바르고 상냥한 여자로 만들고 싶어 했다. 그래서 12살인 잔느를 특별히 성심수녀원 기숙사로 보냈고 이제 17살이 되어 기숙 학교를 나온 것이다.

잔느는 바다가 내려다보이는 조용한 저택에서 사랑하는 사람과 아이들을 낳고 함께 살게 되는 것을 그려본다.

잔느의 아버지 시몽 자크 남작은 귀족으로 선량한 사람이었고 딸을 사랑했다. 또한 서른 개 이상의 농장을 가지고 있고 검소한 생활을 했기 때문에 풍족한 삶을 살고 있었다. 잔느의 어머니는 심장비대증으로 몸이 뚱뚱하지만 따뜻하고 다정했다.

어느 날 그 지역의 주임신부가 방문한다. 그는 쾌활한 성격의 전형적인 산골 신부로 누구에게나 친절했다. 신부는 남작 부부에게 줄리앙을 소개해 준다. 이후 줄리앙은 시몽 자크 남작 집을 자주 왕래하며 집안 식구들과 친해진다.

잔느도 잘생기고 친절한 줄리앙이 싫지 않았다. 얼마 후 시몽 자크 남작은 잔느에게 줄리앙과 결혼하는 것이 어떻겠느냐고 물어본다. 잔느는 좋다고 얘기한다. 약혼하고 나서 6주 후에 결혼한다.

신혼여행에서의 줄리앙은 평소와는 조금 달랐다. 여행하는 동안 쉴 새 없이 호텔의 주인이나 종업원들, 마차꾼들 그리고 여러 장사꾼하고 말다툼을 벌였다. 그것은 줄리앙이 매우 인색하게 굴었기 때문이다.

신혼여행에서 돌아온 이후로도 줄리앙은 아주 다른 사람처럼 보였다. 아내에 관한 관심이 없었고 모든 사랑의 흔적은 갑자기 사라져 버렸다.

그가 아내 침실로 들어오는 밤은 드물어져 갔다. 또한 줄리앙은 재산과 집을 관리했고 모든 임대차 계약을 정비하고 소작인들을 들볶고 지출을 줄였다.

그녀는 그 밖에 다른 할 일이 아무것도 없었다. 줄리

앙이 자기의 권위와 경제적인 욕구를 만족시키기 위해 집안에 대한 모든 권리를 차지해 버렸기 때문이다. 그는 무섭도록 절약하는 태도를 보였으며, 팁도 절대로 주지 않았고, 식량도 최소한으로 줄였다.

1월 말경, 눈이 내린 어느 날 하인 로잘리는 잔느가 보는 앞에서 아이를 낳는다. 놀란 잔느는 줄리앙을 부른다. 줄리앙은 하인 시몬 영감을 불러 처리하고 아무렇지 않게 행동한다.

그러나 잔느가 아기의 아버지를 찾아야 한다고 하자 화를 낸다. 줄리앙은 로잘리가 출산한 이후로 신경질이 더욱 늘어난 것 같았다. 유난히 추운 어느 날 잔느는 불을 지피기 위해 로잘리를 찾아갔으나 로잘리는 방에 없어 줄리앙의 방으로 갔다. 거기에는 줄리앙과 로잘리가 침대에 같이 누워 있었다.

놀란 잔느는 집을 나와 바닷가로 간다. 죽고 싶은 마음으로 바다로 뛰어들려고 하였으나 뒤따라온 하인들에 의해 집으로 돌아온다.

남작은 줄리앙에게 책임을 물었으나 줄리앙은 결백한 척하며 기를 쓰고 부인하였다. 그러나 신부를 불러오고 남작이 로잘리를 심문하자 로잘리는 사실을 이야기한다.

신부가 나서서 모든 것은 용서해야 한다고 한다. 그러면서 남작에게 본인도 깨끗하지 않다는 것을 상기시킨다. 신부는 2만 프랑을 준비하면 로잘리와 결혼할 청년을 구하겠다고 한다. 그렇게 로잘리는 떠난다.

로잘리가 떠나고 잔느는 자신의 출산을 기다리며 고통스럽게 하루하루를 보낸다. 잔느는 조산하여 머리카락도 손톱도 없는 아이를 출산했다. 그러나 잔느는 앞으로 사랑을 쏟을 수 있는 대상을 하나 얻었다는 사실에 기뻐한다.

잔느의 몸이 회복되고 봄이 되었다. 줄리앙은 말을 타고 산책을 즐기기 시작했다. 줄리앙은 드 푸르빌르백작 부인과도 자주 승마 산책을 했다.

어느 날 잔느는 줄리앙과 백작부인이 밀회를 하고 있는 것을 알게 된다. 그러나 잔느는 모른 척해 버린다. 이런 와중에 잔느의 어머니 병세가 심해지며 죽는다. 어머니가 돌아가시고 나자 아버지가 떠나고 잔느의 아들 폴이 병이 든다.

잔느는 아들이 죽을까 봐 공포에 사로잡힌다. 그러자 슬며시 아이가 하나 더 있어야겠다는 막연한 욕구가 마음속에 스며들었다.

아이를 갖고 싶던 잔느는 신부의 도움으로 임신하게 된다. 그리곤 다시는 줄리앙이 오지 못하도록 방문을 잠가 버린다. 잔느가 다시 행복해지는 것을 느낄 때 피고 신부가 다른 곳으로 떠나고 새로운 신부인 톨비악 신부가 부임한다.

톨비악 신부는 얼마 안 있어 마을 사람들로부터 미움을 받는다. 엄격하고 너그럽지 못한 태도를 보였기 때문이다. 그런 신부가 잔느의 남편과 푸르빌르 백작 부인이 부정한 관계를 맺고 있는 것을 알게 된다. 신부는 잔느에게 남편과 헤어지거나 이 집을 떠나라고 한다. 잔느는 그렇게 할 수 없다고 한다.

며칠 후 푸르빌르 백작이 둘 사이의 부정한 관계를 알게 된다. 백작은 그들이 있는 바퀴 달린 오두막집 아래 숨어 있다 두 사람을 확인하고 있는 힘을 다해 오두막을 경사진 면으로 끌고 갔다.

내리막길에 오자 백작은 오두막집을 깊은 골짜기 아래로 떨어뜨렸다. 줄리앙과 백작의 부인은 피투성이가 되어 죽게 된다. 잔느는 그날 밤 사산을 하게 된다. 딸이었다.

잔느의 아들 폴은 공부를 잘하지 못했다. 4학년 때는 낙제를 했다. 20살이 된 폴은 키가 큰 금발의 청년이 되었다. 잔느에게는 이제 아들 폴밖에 없었다. 그러나 폴은 집을 떠나 방탕한 생활을 한다. 돈이 떨어질 때마다 편지해 돈을 부치라고 한다.

그로 인해 잔느는 거의 모든 재산을 잃게 된다. 시간이 좀 더 지나고 잔느의 아버지가 돌아가신다. 묘지에서 자신도 죽었으면 하는 생각하며 주저앉았을 때 누군가 두 팔로 안아 올리며 집으로 데리고 갔다. 로잘리였다. 24년 만에 만난 로잘리는 그동안 성실하게 살아 제법 돈을 모았다. 남편은 폐병으로 죽었고 아들은 결혼해서 로잘리 대신 농장을 돌보고 있다고 했다.

로잘리는 저택의 사람들과 일을 전적으로 지배하게 된다. 폴에게 돈을 보내지 않았으며 큰 집을 처분하고 작은 집으로 옮기도록 했다. 폴은 결혼해 딸을 낳게 된다. 폴의 아내는 딸을 낳고 3일 후 죽는다. 로잘리가 딸을 데려오고 손녀를 본 잔느는 무한한 감동을 느낀다.

바보스러운 삶을 살아간 주인공 잔느에게 왠지 모를 화가 일어난다. 선택은 누구나 자신이 하는 것이다. 잔느 또한 모든 선택을 자신이 했다. 그러나 현대의 시점에서 볼 때는 매우 잘못된 선택을 한다.

그런 잘못된 선택들이 잔느의 삶을 절망으로 몰아가고 있다. 잔느는 왜 그래야만 했을까? 그 시대의 사회적 배경으로 치부하기에는 뭔가 부족하다.

그것은 작가의 생에서 열두 살 때 부모가 별거한 사건이 이 소설에 영향을 주었을 것이다. 그 시대의 사회적 생각은 여성들에게 치욕적인 내용들이 들어있다.

> 딸들은 마음이 순결한 채로 있어야만 한다. 우리가 딸의 행복을 보살피게 될 남자의 팔에 그 애를 내맡기는 그 시간까지 완전무결하게 순결해야만 한다.

한편, 여성들이 반항심에 대해서 약간의 불안한 심정을 사회가 안고 있다는 것도 보여준다.

> "딸들은 지금까지 어떤 의혹도 스쳐가지 않았기 때문에, 꿈의 뒤에 숨어있는 약간 동물적인 현실 앞에 맞닥뜨리면 반항하기도 한단다. 영혼뿐만 아니라 육체까지도 상처를 입은 딸들은 인간의 법칙과 자연의 법칙이 절대적인 권리로서 남편에게 허용되는 것을 거부하려고도 하지."

작가는 그 시대 남성들의 여성에 대한 지배적인 생각들을 고발하고 있다. 여성들은 지배적인 남성들을 위해서 희생할 기본 정신이 있어야 한다.

그런 의미로 잔느는 아버지로부터 착하고, 올바르고, 사냥한 여자로 만들어지기 위해 수녀원에 딸린 학교에 입학하게 된다. 또한 남성들은 여성들을 놀이 상대로 생각하는 잘못된 관행도 보여주고 있다. 특히 줄리앙을 통해 그런 잘못된 행동들을 보여주고 있다.

줄리앙은 결혼 전과 신혼여행을 다녀와서도 아내뿐만 아니라 하인 로잘리까지 성의 노예로 생각하고 있는 것처럼 방탕한 생활을 한다. 줄리앙뿐만 아니라 작가는 그 시대 남성들의 부적절한 관계를 장난으로 치부하고 있다.

"남작님, 우리끼리 이야기지만 그 사람은 다른 모든 사람과 똑같은 짓을 한 겁니다. 당신은 충실한 다른 남편들을 얼마나 많이 알고 계십니까?"

"내기를 걸어도 좋습니다만, 당신 자신도 장난을 하신 적이 있지 않습니까."

그리고 남성들의 장난에 동조하는 여성도 있다는 것을 강조하고 있다. 사회를 구성하고 있는 남성과 여성은 서로를 위해 존재하는 동물일 수밖에 없다.

특히 성 문제로 접근하면 그것은 더욱 확실해진다. 소설에서는 심장 비대증으로 몸이 부어 있은 시몬 자크 남작 부인에 대해 이렇게 묘사하고 있다.

갑자기 잔느에게는 어떤 의혹이 스쳐 갔고, 그것은 곧 확신으로 변했다. 어머니는 그 사람을 연인으로 두고 있었던 것이다.

소설은 여성의 일생을 보여주면서 한편으로 사회의 부적절한 관계를 고발하고 있다. 남성이든 여성이든 어느 성에 의한 장난의 대상이 되어서는 안 된다. 결혼 생활도 서로에게 공감될 수 있는 생활이 되어야 한다.

공감까지는 아니어도 적어도 서로에 대한 약간의 배려가 있어야 한다. 스스로 잘 할 수 있는 일을 누군가가 하면 되는 것이다. 무언가를 나누고 이것은 네가 해야 한다는 논리는 싸움의 실마리가 될 수 있다.

아울러 자신만의 공간을 가져야 한다. 여성이든 남성이든 집안에 나만의 공간은 꼭 있어야 한다. 그곳에서 나만의 숨을 쉴수 있어야 한다.

성찰과 철학을 바탕으로 한 어른들의 동화

— 루이스 캐럴 『이상한 나라의 앨리스』

언덕 위에서 책을 보고 있는 언니 곁에서 아무 일 없이 앉아 있던 앨리스는 조끼를 입고 회중시계를 꺼내 보는 토끼를 따라간다. 토끼의 뒤를 따라 굴로 들어간 앨리스는 우물 같은 구덩이 속으로 한없이 떨어진다. 한참을 떨어지던 앨리스는 마른풀과 나뭇가지 위로 떨어졌다.

그곳에서 앨리스는 황금열쇠와 아름다운 정원이 보이는 작은 문을 발견하지만 들어갈 수가 없었다. 이후 앨리스는 탁자 위 작은 병에 담긴 액체를 마시고 몸이 작아진다. 케이크를 발견하고 먹었더니 몸이 점점 늘어나 3미터 가까이 커졌다.

앨리스는 울기 시작했다. 앨리스의 눈물은 물웅덩이를 만들었다. 울고 있는 앨리스는 토끼가 다가오는 것을 보고 작은 목소리로 불렀다. 토끼는 놀라 부채와 장갑을 떨어뜨리고 도망간다. 앨리스는 후덥지근함을 느끼고 부채를 주워 들고 계속 부쳐댔다.

그러자 몸이 점점 작아지면서 발이 미끄러져 웅덩이에 빠졌다. 웅덩이에서 생쥐를 만나 헤엄쳐 가던 중 오리, 도도새, 독수리 등 여러 신기한 동물을 만난다.

물웅덩이를 나온 동물들은 몸을 빨리 말려야 한다고 아우성이었다. 이때 권위가 있어 보이는 생쥐가 나서 얘기를 했지만 다들 알아듣지 못한다. 도도새가 코커스 경주를 제안했고 모두 다 달리기를 시작하는데 뛰다가 쉬고 싶으면 멈춰 섰다. 마침내 도도새는 모두가 이겼다며 앨리스에게 모두 상을 줘야 한다고 한다.

앨리스는 어찌할 바를 모르다 주머니에 손은 넣으니 거기에 사탕이 든 상자가 있었다. 모두에게 사탕을 하나씩 상으로 주고 도도새는 앨리스에게 앨리스가 가지고 있던 골무를 상으로 준다.

앨리스는 자기 집고양이 다이너에 대한 이야기를 한다. 그러자 동물들은 하나둘 모두 떠나 버리고 앨리스 혼자만 남게 된다. 혼자된 앨리스에게 토끼가 돌아온다.

돌아온 토끼는 앨리스를 매리 앤이라고 부르며 부채와 장갑을 가져오라는 심부름을 시킨다. 토끼집에 들어간 앨리스는 병에 든 물약을 마시고 다시 커져 집에 몸이 끼인다. 창문으로 내밀어진 손을 휘두르자 토끼가 나가떨어졌다.

토끼는 창문으로 작은 자갈을 집어넣는데 그 자갈이 과자로 변한다. 앨리스가 과자를 집어 먹자 몸이 다시 작아진다. 앨리스는 숲으로 도망치다 자신보다 훨씬 크고 귀여운 강아지를 만난다. 앨리스는 다시 커지기 위해 뭘 먹어야 하나 고민하다 버섯을 발견하고 살피다가 물담배를 빨고 있는 송충이와 마주친다.

송충이는 앨리스에게 누구냐고 소리친다. 앨리스도 송충이에게 누구냐고 따진다. 그러다 송충이는 앨리스에게 키가 커졌다 작아졌다 하는 비밀을 알려준다. 앨리스는 버섯을 먹고 목만 길어졌다. 비둘기가 날아오다 뱀이라고 오해한다.

앨리스는 다시 버섯을 먹고 본인의 키로 돌아온다. 앨리스 앞 탁 트인 들판에 자그마한 집이 한 채 있었다. 집으로 들어가려고 하인과 말다툼하다가 앨리스는 스스로 문을 열고 안으로 들어갔다.

주방장이 수프를 끓이고 있는데 후추를 너무 많이 넣어 앨리스는 재채기를 하였다. 공작부인이 나타나 안고 있던 아이를 앨리스에게 맡기고 크로켓 경기에 간다며 가버린다. 아기를 안고 나온 앨리스는 아기가 돼지로 변하자 땅에 내려놓는다. 돼지는 숲으로 들어간다.

웃는 체셔 고양이가 나타나 앨리스에게 모자 장수와 3월의 산토끼가 살고 있는 곳을 알려준다. 앨리스는 3월의 산토끼가 사는 곳으로 향한다. 3월의 산토끼 집에는 3월의 산토끼와 모자 장수가 차를 마시고 있었다. 앨리스는 커다란 안락의자에 앉았다.

잠시 후 모자 장수는 겨울잠쥐를 깨워 이야기하라고 하였다. 겨울잠쥐가 이야기하는 도중 모자 장수가 앨리스에게 무례하게 굴었다. 앨리스는 화가 나 그곳을 벗어난다.

숲속을 걷던 앨리스는 정원으로 들어가는 문을 발견하고 들어간다. 정원에는 정원사 세 명이 하얀색 장미에 붉은색 페인트를 칠하고 있었다.

잠시 후 병사와 여왕 폐하 일행이 나타났다. 그들은 모두 정원사들처럼 길고 납작한 직사각형이었다. 하트 여왕이 앨리스 앞에 멈춰서서 질문했다.

앨리스가 귀찮은 듯 답하자 하트 여왕은 목을 치라고 명령한다. 그러나 왕이 아직 어린아이니까 봐주라고 한다. 앨리스는 크로켓 경기를 하는데 공은 살아 있는 고슴도치였고 크로켓 채 역시 살아 있는 홍학이었다.

경기는 엉망이었고 여왕은 화가 나서 거의 일 분에 한 번씩 목을 베라는 명령이 떨어진다. 망나니와 왕 그리고 여왕이 말다툼하고 있었다. 고양이 목을 베야 하는데 목이 없어 논란이 일었던 것이다.

셋은 앨리스에게 문제를 해결해 달라고 했다. 앨리스는 고양이는 공작부인 것이니까 공작부인에게 물어보라고 한다. 공작부인이 도착하자 고양이는 모습을 감추었다.

여왕은 앨리스에게 크로켓 경기를 계속하라고 하였다. 경기 내내 여왕은 “저놈의 목을 베어라.”, “저 계집의 목을 쳐라.”라고 고함을 질렀다.

결국 왕과 여왕 그리고 앨리스를 뺀 나머지 모두 사형선고를 받고 운동장은 텅 비게 되었다. 여왕은 앨리스를 그리핀에게 데리고 간다. 여왕은 자기는 처형되는 것을 보러 갈 테니 그리핀은 앨리스를 모조 거북에게 데려가라고 하고 떠난다.

모조 거북은 그리핀과 앨리스에게 자신의 이야기를 들려준다. 모조 거북은 또 바닷가재와 춤추던 이야기와 대구 이야기를 들려준다. 그리핀은 앨리스에게 모험 이야기를 들려달라고 한다.

앨리스는 아침부터 겪은 이상한 이야기를 들려준다. 앨리스의 이야기 들은 모조 거북은 노래한다. 모조 거북이 노래를 하던 도중 재판이 시작된다는 소리가 들리고 그리핀이 앨리스의 손을 잡고 “따라와.” 하며 그 자리를 떠난다.

재판정에 도착하자 하트 왕과 하트 여왕은 군중들에 둘러싸여 있었다. 그리고 하트 잭이 사슬에 묶여 서 있었다. 하트 여왕이 구운 파이를 하트 잭이 훔쳤다는 재판이었던 것이다.

첫 번째 증인으로 모자 장수가 등장했다. 모자 장수는 차 마시는 시간에 관해 이야기만 하다가 차 마시는 시간을 끝내기 위해 왕의 명령으로 재판정을 나간다.

두 번째 증인은 공작부인의 요리사였다. 왕은 요리사에게 파이 만드는 재료를 물어보았다. 이때 겨울잠쥐가 끼어들어 소동이 일어났다. 요리사는 이때를 틈 타 사라져 버렸다. 그리고 다음 증인으로 앨리스가 호출되었다. 앨리스는 뒤통수를 맞은 듯 멍한 상태로 벌떡 일어났다.

그런데 지난 몇 분 동안에 앨리스가 얼마나 커졌는지 앨리스의 치맛자락이 배심원석을 뒤집어 놓았다. 앨리스는 아무것도 모른다고 하였다.

재판은 왕의 마음대로 진행되었다. 없었던 규칙을 만들어 앨리스를 곤란하게 하였다. 앨리스는 반발하였다. 왕과 여왕은 선고와 평결을 두고 말다툼하였다.

앨리스는 평결이 먼저라고 소리쳤다. 그러자 여왕이 앨리스의 목을 치라고 명령한다. 앨리스는 더욱 반발하자 카드들이 공중으로 날아올라 앨리스를 공격했다. 카드들이 공격하는 순간 앨리스는 잠에서 깨어난다.

이상한 나라는 어른들의 세계가 아닌 순수성을 간직하고 있는 어린이들의 세상이다. 또한 이상한 나라에서는 모든 것이 가능할 것 같다. 억눌리고 억압받는 사회를 벗어나 자유롭게 상상하고 꿈꾸고 이룰 수 있는 세상인 것 같다.

앨리스의 몸이 자유롭게 커졌다 작아졌다 하는 것은 이상한 나라에서 가장 이상한 일이다. 초현실적이고 환상적인 지하 세계는 어쩌면 우리가 바라는 비현실적인 세계일 수 있다.

우리는 가끔 무한한 상상을 한다. 그 상상은 이루어질 수 없는 것들의 무한한 조합이다. 지하 세계의 비현실은 우리에게 또 다른 세상을 만들 수 있는 꿈을 꾸도록 한다.

순수함을 잃어버린 어른들의 변해버린 인간상을 폭로한다. 기득권자들이 자신들의 평안함을 위해서 자신들의 입에 맞는 규칙을 제정하고 그것을 따르도록 강요한다.

사회는 모든 사람이 각자의 맡은 자리에서 규범에 벗어나지 않고 열심히 일하면 이 세상이 지금보다 훨씬 나은 세상이 될 수 있다. 소설은 각자가 생각하고 있는 것만을 이야기하며 소통이 되지 않는 것을 보여준다.

앨리스는 그동안 배웠던 구구단과 시에 대해 엉뚱한 대답을 내놓는다. 순수함이 사라진 어른들의 생각이 세상을 어지럽게 하고 있다고 지적하는 것이다.

순수함이 사라진 어른들의 세계는 부조리, 욕심, 질투, 폭력과 폭언, 이기심 등 이루 말할 수 없는 나쁜 일들이 그 수를 헤아릴 수 없이 많이 일어나고 있다.

소설 속 법정에서의 왕과 여왕의 재판 진행은 우리 사회의 실제 재판정을 닮았다. 사회 속 그들은 권력을 이용한 폭정을 수시로 일삼고 있다. 굳이 이곳에서 밝히지 않아도 모두가 인정하는 말

들이 있다. '유전무죄 무전유죄, 유권무죄 무권유죄.'

인간은 보다 더 안전하고 행복하게 살아가기 위해 사회를 이루며 살아가고 있다. 그런데도 사회가 진화하면 할수록 기득권을 갖고 살아가는 인간들은 그것을 자신들이 지속하여 갖기 위해 수단과 방법을 가리지 않는다.

우리가 알 수 없는 또는 일부는 알려진 폭력과 거짓말이 난무한다. 아마도 사회를 이루고 있는 그들은 소설 속 여왕을 닮았는지도 모른다. 소설 속 여왕은 자신의 마음에 하나라도 들지 않으면 "저놈의 목을 베라."라고 외쳐댄다.

사회를 이루고 있는 그들 또한 자신의 마음에 들지 않으면 온갖 수단과 방법 그리고 자신의 권력을 이용해 목을 치려 한다.

작가는 소설을 통해 비현실적인 세계를 만들어 현실을 살아가는 인간들의 부조리한 일들을 풍자한다. 여왕의 권위적인 태도는 독재자를 연상케 한다.

앨리스가 토끼 굴로 들어가서 구구단을 틀리고 시를 잘못 외우는 것에서 암기식 교육 방식을 비판한다. 괘종시계를 바라보며 우왕좌왕하는 토끼는 시간에 쫓겨 사는 현대인을 연상케 한다.

한편 소설의 내용에서 나타나는 말장난과 등장인물들의 난해한 대화에만 집중하면 소설의 전반적인 메시지를 찾기가 어렵다. 이상한 나라에서 이상한 행동이나 이상한 말들은 오히려 자연스럽게 다가온다. 그런 자연스러움은 순수함을 아직 간직하고 있는 어린이들이 더 잘 이해할 수 있다.

그러면서도 이 소설이 어른들을 위한 동화이면서 소설인 것은 앨리스가 이상하고 낯선 세계를 경험하면서 어린이에서 어른으로 성장하는 과정을 환상과 유머로 풀어내고 있다.

소설은 우리가 삶에 대해 다시 한번 되돌아보게 한다. 앨리스의 여러 가지 경험은 인간이 성장하면서 자아를 찾아가는 과정을 그리고 있어 어른의 시선으로 앨리스의 성장기를 느낄 수 있다.

규범에 대한 갈등과 평범함을 가장한 결혼

— 이디스 워튼 『순수의 시대』

뉴욕의 상류층인 뉴랜드 아처와 메이 웰렌드는 오페라 공연이 있는 날 밤 보퍼트 부인이 여는 무도회에서 사람들에게 자신들의 약혼을 알린다.

엘렌은 다음날 그들은 의례적인 첫 약혼 방문을 오갔다. 그리고 훌륭한 어른의 축복을 받으러 맨슨 밍고트 부인 댁으로 갔다. 거기서 웰렌드의 사촌 앨렌 올렌스카를 만나 약혼을 알린다.

다음날 잭슨 씨가 저녁을 먹으러 아처가를 방문했다. 아처 부인과 잭슨 씨의 대화에서 엘렌이 불행한 결혼을 한 것에 대해 안타까워한다.

엘렌은 엄청나게 부유한 폴란드 귀족을 만나 결혼하였으나 잔혹한 남편을 피해 뉴욕으로 돌아온다. 어느 날 중대한 만찬이 열리고 있었다. 엘렌 올렌스카 백작 부인은 뉴욕의 예법을 무시하고 뉴랜드 아처 옆에 와서 앉았다.

엘렌은 아처에게 메이를 사랑하느냐고 물어본다. 그리고 내일 다섯 시 이후에 기다리고 있겠다고 말하며 떠난다. 다음날 아처는 엘렌의 집을 찾아간다. 둘은 별 의미 없는 이야기를 하다가 헤어진다.

약 2주 후에 뉴랜드 아처는 법률사무소의 자기 방에 있다가 대표의 호출을 받는다. 밍고트의 손녀딸인 올렌스카 백작 부인이 남편에게 이혼 소송을 내려는데 이를 맡아달라고 하였다. 대부분의 사람은 이혼을 반대했다.

아처는 엘렌을 만나 주위 시선과 소송에서의 불쾌감에 관해 얘기했다. 엘렌은 자신의 자유는 아무것도 아닌 것으로 취급해도 되느냐도 반문한다. 엘렌은 이혼하려는 생각을 포기했다고 가족들에게 알린다.

메이는 아처에게 엘렌을 친절히 대해달라고 부탁한다. 엘렌은 스카이터클리프로 멀리 벗어나 있었다. 뉴랜드는 엘렌을 찾아가 뉴욕을 벗어난 이유를 물어보았으나 대답을 듣지 못하고 뉴욕으로 돌아온다.

스카이터클리프에서 아처는 엘렌과 둘이 있을 때를 되새겨 본다. 엘렌이 난롯불 위로 몸을 수그린 모습에 아처의 심장은 억누를 수 없을 정도로 무섭게 뛰었었다. 며칠 후 아처는 밍고트 노부인에게 전할 말을 받아서 밍고트 노부인 집을 방문한다.

그곳에서 아처는 올렌스카 부인을 만나 일요일 저녁에 만나기로 약속한다. 일요일 저녁 둘은 서로의 사랑에 대한 감정을 이야기하다 아처가 엘렌에게 사랑을 고백한다. 아처는 엘렌을 양팔로 안고 그녀의 얼굴에 입을 맞춘다.

> "아. 불쌍한 뉴랜드. 이런 수밖에 없었다고 생각해요. 그래도 상황이 조금도 바뀌는 건 없어요."
> "내게는 인생 전체가 송두리째 바뀌었소."
> "안 돼요, 안 돼. 그래서는 안 돼요. 그럴 수도 없고요. 당신은 메이 웰렌드와 약혼한 사이고 나는 결혼한 몸이에요."

흙먼지로 가득한 신선한 봄바람이 부는 상쾌한 날 아처와 메이의 결혼식이 열렸다. 둘은 석 달 동안의 신혼여행을 마치고 뉴랜드 아처 부부는 집으로 돌아온다.

아처는 앞으로 많은 문제들이 소극적인 방식으로 해결될 것이라는 오싹한 깨달음을 느낀다. 세월이 흐르고 아처는 엘렌 올렌스카 백작부인과 마지막으로 만난 이후 1년 반 동안 그녀의 이름을 여러 번 들었고 여러 가지 소문들을 듣고 있었다. 결혼 생활은 평범함을 가장하며 흘러갔다.

아처는 올렌스카 부인을 볼 수 있을까 하는 마음으로 보스턴으로 향한다. 공원에서 엘렌을 만나 지나간 이야기를 한다. 아처는 배를 타고 잠깐 나가보자고 한다. 배를 탄 그들은 조용한 별실에서 그들만의 이야기를 나눈다.

그들은 서로를 변화시켰다고 이야기하고 아처는 그녀가 그렇게 하라고 해서 결혼을 했다고 한다. 아처는 엘렌에게 왜 남편에게 돌아가지 않느냐고 물어본다. 엘렌는 당신 때문이라고 생각한다고 하면서 돌아가지 않을 거라고 얘기한다.

엘렌의 할머니 맨슨 밍고트 부인이 뇌졸중에 걸린다. 친척들에게 전보를 치며 엘렌에게도 전보가 가고 다음 날 저녁에 기차역에 도착할 거라는 전보가 온다.

엘렌을 누가 마중 나갈 것인가 논의하다가 모두가 갈 수 없는 상황이라 아처가 가기로 한다. 엘렌을 만난 아처는 마차 안에 둘만이 있게 되자 자신은 어쩌다 한두 시간 같이 있는 것보다 훨씬 뛰어넘는 그런 꿈이 우리를 위해 언젠가 이루어질 것이라 믿는다고 한다. 그러나 엘렌은 현실을 보라고 충고한다.

> "우리를 위해서요? 그런 의미에서의 우리는 없어요! 우리는 서로 멀리 떨어져 있을 때만 서로 가까이 있어요. 그러면 우리는 우리 자신이 될 수 있어요. 그렇지 않으면 우리는 그저 우리를 신뢰하는 사람들 등 뒤에서

행복해지려고 애쓰는 엘렌 올렌스카의 사촌의 남편 뉴랜드 아처와 뉴랜드 아처의 아내의 사촌 엘렌 올렌스카일 뿐이에요."

아처는 뜨거운 열정은 없고 온갖 의무만을 강요하는 미지근한 신혼 생활을 계속하는 것에 싫증을 느낀다. 그러다 메이가 죽어서 자신을 자유롭게 해방시켜 줄지도 모른다는 무서운 생각을 한다. 집에는 메이와 습관과 명예와 그와 주변 사람들이 한결같이 믿어온 온갖 오래된 예의범절만이 있었다.

인적이 덜한 공원 미술관에서 다시 만난 아처와 엘렌은 서로의 입장만을 얘기한 채 헤어진다. 아처는 엘렌과 같이 떠나고 싶어 했다. 그러나 엘렌은 자신의 새 삶을 살 수 있도록 도와준 사람들의 삶을 망쳐 놓고 싶지 않다고 한다.

다음날 검은색 호두나무로 꾸민 식당에서 뉴욕의 사교계에 있는 사람들이 모였다. 그들은 올렌스카 부인이 예의범절을 어기고 경솔한 짓을 했다고 분개한다. 아처는 일행에게서 빠져나와 무대 클럽 박스 뒤쪽으로 향했다. 그곳에서 엘렌을 볼지 모른다는 기대를 했지만 엘렌은 없었다. 무대 관람석에는 메이가 드레스를 입고 앉아 있었다.

아처는 예전 메이의 관대함을 떠올리고 모든 것을 솔직하게 털어놓고 자유를 달라고 요청하고 싶은 충동에 사로잡힌다. 집에 돌아온 아처는 메이에게 엘렌과의 사이를 얘기하려고 하자 메이는 모든 것이 다 끝났다고 하면서 엘렌의 편지를 보여준다. 편지는 엘렌이 유럽으로 돌아간다는 내용이었다.

아처는 엘렌이 남편에게 돌아가지 않으리라는 것을 알고 그녀 뒤를 따라가려고 마음을 먹는다. 그런 생각을 갖고 저녁에 집으로 돌아온 아처에게 메이는 엘렌의 송별만찬회를 준비했다고 한다.

송별만찬을 보면서 아처는 자신과 엘렌이 연인 사이라는 것을 모두가 알고 있고 또 그것을 아무것도 모르거나 어떤 것도 상상해본 적이 없다는 암묵적인 전제 하에 다정한 작별을 고하고 싶은 메이의 바람으로 열렸다는 것을 알았다.

송별 만찬이 끝나 엘렌을 배웅하고 나서 아처는 메이에게 당장 멀리 떠나고 싶다고 말한다. 그러자 메이는 자신을 데리고 가지 않으면 그렇게 못 한다고 말하며 또 의사 선생님이 자신의 여행을 허락하면 가능하겠지만 그렇게는 안 될 것이라고 한다.

26년의 세월이 흐르고 아처와 메이는 자식들의 학업이나 교양에 대해 의논하는 시절이 되었다. 아처는 자신이 뭔가를 놓쳤다는 것을, 인생의 꽃을 놓쳤다는 것을 알았다.

그러나 이제는 그것이 너무나 도달하기 어렵고 불가능해 보였다. 아처가 엘렌 올렌스카를 생각할 때면 책이나 그림 속에 존재하는 가상의 연인을 생각하는 것처럼 추상적이고 평온했다. 그

환영 때문에 다른 여자를 생각할 수가 없었다.

아처는 충실한 남편이었다. 메이가 막내를 간호하다 폐렴에 전염되어 갑자기 세상을 떠났을 때 그는 진심으로 그녀의 죽음을 슬퍼했다.

아처는 아들이 원하는 파리 여행을 동행한다. 아들은 파리에서 꼭 할 일이 세 가지 있다고 하면서 그중 하나가 올렌스카 부인을 만나는 것이라고 하였다. 이미 전화로 아버지와 같이 만나고 싶다고 알려 두었다고도 하였다. 아들은 아버지와 올렌스카 부인에 대한 관계를 이미 알고 있었다.

아들은 그런 면에 있어서는 머리부터 발끝까지 신세대였다. 올렌스카 부인이 살고 있는 아파트 앞에 도착한 아처는 아들에게 먼저 올라가 보라고 하고 자신은 벤치에 앉아 올렌스카 부인이 살고 있는 창문을 한참을 바라보았다.

소설에서의 뉴욕의 규범은 엄격했다. 상류층을 이루고 있는 사람들은 조그만 실수도 용납되지 않을 것 같다. 뉴랜드는 진지하지만 평온한 사랑에 빠진다.

뉴욕의 상류사회에서 늘 이루어지는 젊은 남녀 간의 사랑 방식이다. 그러나 뉴랜드는 모든 솔직함과 순진함이 인위적인 산물일

뿐이라는 것을 알고 있다,

> 그녀에 대해 잠깐 동안 죽 훑어보고 나자 이 모든 솔직함과 순진함이 인위적인 산물일 뿐이라는 생각에 다시 낙담했다. 훈련받지 않은 인간의 본성은 솔직하거나 순진하지 않다. 그것은 본능적인 교활함의 요령과 방어물로 가득했다.

뉴랜드 아처는 결혼 전 진정한 사랑을 할 수 있는 엘렌을 만난다. 그러나 엘렌은 결혼해 유럽으로 갔다가 남편을 못 견디고 돌아온 여자로 뉴욕 사교계의 추문 거리였다. 엘렌의 이런 일들은 뉴욕 사교계에서는 가족과 친척들에게 수치스러움을 안기는 일이었다.

그런데도 아처는 엘렌의 매력에 빠져 그녀를 사랑하게 된다. 그러나 이미 약혼한 아처는 뉴욕의 규범에 따라 마음에도 없는 결혼식을 올리고 무의미한 신혼여행을 가고 평범함을 가장한 결혼생활을 한다. 또한 가정에는 오래된 습관과 명예와 한결같이 믿어온 온갖 오래된 예의범절만이 있다.

작가 이디스 워튼은 습관화된 잘못된 예의범절을 지적하고 있다. 결혼이라는 사회적 관습이 한 개인의 자유를 얼마나 억압하는 지를 보여주고 있는 것이다.

우리는 사회에 속해 살아가는 삶 속에서 가끔은 사회적 관습을 따를 것인지 아니면 관습을 무시하고 자신의 행복을 위해 선택할 것인지에 대해 고민해야 할 때가 있다. 그것은 가족을 위한 것일 수도 있고 연인일 수도 있고 친구일 수도 있을 것이다.

소설 속 뉴랜드처럼 관습을 따른다면 현재를 살고 있는 개인의 행복지수는 얼마나 줄어들까. 어쩌면 관습을 따르는 것이 가능하지 않은 일일 수도 있다.

이미 사회는 많은 변화가 있었고 약혼을 파하고 새로운 사랑을 찾아 떠난다고 해서 사회적으로 큰 손가락질 받지는 않는다. 그러한 일들이 이미 부지기수로 벌어지고 있다.

그러나 그런 사랑을 선택했다고 해서 모두가 행복한 것은 아니다. 어쩌면 더 불행해질 수도 있다. 미래는 정해져 있는 것이 아니다. 그런 일들이 벌어지면 사람들은 개인의 욕망이 화를 불러왔다고 수군댈 것이다. 그리고 당사자는 좌절할 것이다.

이것은 현시대의 엄격한 사회적 기대가 개인의 결혼 생활에 영향을 미칠 수도 있다는 것을 보여주는 것이다. 우리 시대의 사회적 기대는 그들의 행복보다는 불행을 무의식중에 빌고 있기 때문이다.

'행복'이란 무엇일까? 행복의 사전적 의미는 생에서 충분한 만족과 기쁨을 느끼어 흐뭇한 상태를 말한다. 사전과는 다르게 인간은 개인마다 행복의 기준이 다르다.

그런 인간이 행복을 느끼는 것은 순간일 뿐이다. 지속되는 행복은 있을 수 없다. 행복이 지속되면 기쁨이 넘치고 아드레날린이 넘쳐 숨이 멎을 것이다.

그런 순간의 행복을 찾기 위해 우리는 사랑을 한다. 남녀 간의 사랑도 결혼도 행복하기 위한 것이다. 그러나 과연 사랑하고 결혼한다고 해서 얼마만큼의 행복을 느끼고 있을까?

사회규범은 결혼 생활에 있어서 일부일처제를 운용하고 있다. 이러한 제도로 인한 갈등도 어렵지 않게 볼 수 있다. 이러한 곳에는 위선과 허식 부정과 속임수가 늘 존재한다. 사회는 이러한 일들에 대해서 부정과 속임수가 존재하게 만들어졌다.

인간이 진화하면서 규범과 규제는 점점 늘어나고 있다. 인간 스스로 자신들을 감옥으로 몰아가고 있다. 그렇다고 내가 일부다처제를 옹호하는 것은 아니다. 다만, 인간의 사랑에 대한 감정은 얼마든지 변할 수 있다는 것을 얘기하고 싶은 것이다.

모든 관계는 인간 사이에서 비롯된다. 개인의 주관적인 생각들이 다른 이들과 비교하며 갈등이 생겨난다. 비교할 대상이 없으면 갈등은 없을 것이다. 그렇게 생겨난 객관적 열등성은 모든 일들에 주관적으로 개입한다.

객관적 열등성을 기득권이 가지고 있다면 큰 사회 문제로 이어진다. 그들은 자신들의 안위를 위해서는 자신들의 입맛에 맞는 규제를 만들고 규범화할 것이다. 이런 것들이 모여 인간의 행복을 그리고 인간의 사랑을 가로막고 있다.

일본의 작가 기시미 이치로는 『미움받을 용기』에서 아들러의 이론을 통해 자유를 위해서는 다른 사람들에게 미움받을 용기가 있어야 한다고 했다. 자유란 타인에게 미움받는 것이다. 남에게 어떻게 보일까를 고민하는 것은 자기 중심적인 것이다.

도서관을 뛰쳐나온 책

—신나는 관장쌤이 픽한, 지금 읽어야 할 서른두 권

발행일 초판초쇄 2023년 12월 18일 | 초판2쇄 2023년 12월 26일 | **지은이** 손병석
펴낸곳 토담미디어 | **펴낸이** 홍순창 | **주소** 서울 종로구 돈화문로 94(와룡동) 동원빌딩 302호
전화 02—2271—3335 | **팩스** 0505—365—7845
이메일 chalkack@gmail.com | **출판등록** 제300—2013—111호(2003년 8월 23일)

ISBN 979—11—6249—150—8 | 이 책의 국립중앙도서관 출판예정도서목록(CIP)은 서지정보유통지원시스템 홈페이지(http://seoji.nl.go.kr)에서 이용하실 수 있습니다.

책 읽는 놀이터 **토담미디어** www.todammedia.com